Mandela
et Nelson

Hermann Schulz

Mandela et Nelson

Traduit de l'allemand
par Dominique Kugler

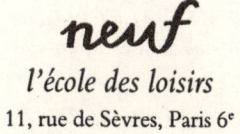

l'école des loisirs
11, rue de Sèvres, Paris 6ᵉ

L'auteur remercie Nkwabi Ngangasamala pour son formidable accompagnement aux matchs d'entraînement et dans les classes des écoles de Bagamoyo, ainsi que Rudolf Blauth de « Freundeskreis Bagamoyo » pour ses conseils.

© 2018, l'école des loisirs, Paris, pour l'édition Neuf poche
© 2011, l'école des loisirs, Paris, pour la première édition en langue française
© Hermann Schulz, 2010
Titre de l'édition originale : « Mandela & Nelson »
(Carlsen Verlag GmbH, Hamburg)
Loi n° 49.956 du 16 juillet 1949 sur les publications
destinées à la jeunesse : octobre 2011
Dépôt légal : juin 2021
Imprimé en France par CPI Firmin Didot
à Mesnil-sur-l'Estrée (164967)

ISBN 978-2-211-23592-1

Quelques repères...

Nelson (moi) : garçon calme et lève-tôt, spécialiste de toutes sortes de bestioles, capitaine de l'équipe de football.

Mandela : ma sœur jumelle, aime se mettre en avant et danser, surtout sur les tables. Redoutable joueuse de défense, comme ses copines Hanan et Hanifa.

Maeda Haji : instituteur et fondateur de notre équipe de foot qui s'appelle le « Saadani Football Team ».

Nkwabi Ngangasamala : notre entraîneur, professeur de percussion et de mime. Il est originaire du lac Victoria et vit chez nous, à Bagamoyo.

Hussein Sosovele : ancien champion de foot qui nous donne parfois des conseils.

Père Jonathan : sympathique prêtre de la mission catholique et amateur de foot qui a un petit penchant pour l'alcool.

Père Johannes (John) Henschel : prêtre catholique qui s'intéresse de près à l'histoire de notre ville de Bagamoyo.

Il a publié de nombreux livres, entre autres sur l'esclavage, les anciennes colonies allemandes et sur les vieilles portes de Bagamoyo.

Boma : ancien édifice du gouvernement colonial allemand à Bagamoyo. Il est classé monument historique, mais personne n'a d'argent pour assurer sa conservation. « Boma » veut dire « clôture » ou « protection » en kiswahili.

Travellers Lodge : hôtel comprenant plusieurs petits bungalows et un restaurant.

Association des amis de Bagamoyo : association de Beckum dans le land de Westphalie, qui parraine notre ville.

École Sewa-Haji : fondée par Sewa Haji (1851-1897), un Musulman indien richissime, qui a fondé en Afrique de l'Est des hôpitaux et des écoles pour tous.

Julius Kambarage Nyerere (1922-1999) : premier président de Tanzanie (de 1962 à 1985). Il fait toujours l'objet d'une grande admiration chez nous et porte le titre de *walimu* (professeur).

Mirambo : roi africain (année de naissance inconnue, mort en 1884) qui s'est rendu célèbre en réunifiant les peuples nyamwézis de Tanzanie et en s'imposant à la tête d'un État bien organisé, doté d'une puissante armée. Il a combattu les marchands d'esclaves et les intrus européens. On l'appelait aussi le « Napoléon africain ».

Joueurs de l'équipe tanzanienne : Nelson (moi), Mandela, Hanan, Hanifa, Mirambo, Saïd, Yakobo, Tutupa, Guido, Omari, Kassim.

Joueurs de l'équipe allemande : Otto, Asaf, Soner, Nicki, Paul, Boris, René, Rudi, Wölfchen, Yannik, Olaf.

Arbitre et entraîneur : Willi Afenwedde.

Juges de ligne : Nkwabi Ngangasamala et Hussein Sosovele.

Quelques mots et expressions :
Jambo, habari gani ? Bonjour ! Comment ça va ?
Kwa heri ! Au revoir
Mzee : Formule de politesse qu'on utilise pour s'adresser aux personnes âgées, hommes ou femmes.
Mzungu : Nom kiswahili qui désigne tous les Blancs.

Les rats : une affaire d'hommes

Je n'ai jamais été de ceux qui détestent leur sœur par principe. Mais il faut bien dire qu'avoir une sœur ne présente pas que des avantages ; ceux qui en ont une savent de quoi je parle. Je m'explique : tous les matins je me levais à six heures et je partais avec mon petit chariot branlant chercher de la nourriture pour les animaux de mon père. Pendant ce temps, ma sœur, plantée devant son miroir, se faisait des tresses avec des fils argentés. Elle se mettait du rouge à lèvres, se regardait sous toutes les coutures d'un air satisfait, ajustait ses jolis leggings.

J'en connais qui trouvent ça très bien. Moi, j'ai mon avis sur tous ces chichis. Que des femmes plus âgées se pomponnent passe encore, mais ma sœur Mandela n'avait que onze ans !

Enfin, à quoi bon s'énerver pour ça ? J'avais bien assez à faire, tous les matins ! Il fallait que je sois de retour vingt minutes avant l'heure de partir à l'école pour livrer à papa les crapauds, rats, mangoustes et autres lézards que j'avais attrapés. Et tu crois qu'il lui serait venu une fois à l'idée de me féliciter ? Pas du tout, au contraire : la plupart du temps, il trouvait que je ne lui rapportais pas assez de bestioles, et j'avais intérêt à faire drôlement attention si je ne voulais pas recevoir une calotte, en prime.

Quand je lui parlais de justice, quand je lui disais que Mandela pourrait me donner un coup de main, de temps en temps, il bougonnait : « Voyons Nelson, mon fils, on ne peut pas confier ce travail-là à une fille ! C'est une affaire d'hommes ! » Et il me tapait sur l'épaule tellement fort que, pour un peu, il m'aurait brisé la clavicule. « Allez ouste ! File à l'école ! »

Généralement j'arrivais à esquiver la deuxième tape sur l'épaule. Ce n'était pas méchant, mais il avait la main aussi dure qu'il avait le cœur tendre.

Pour que tu comprennes mieux de quoi je parle, il faut que je commence par t'expliquer que Mandela n'est pas une sœur ordinaire ; elle et moi sommes nés le même jour, le 9 mai. Nous sommes jumeaux. Malheureusement, elle est venue au monde une demi-heure avant moi. Elle estime que ça lui donne un avantage sur moi, je crois, et en plus, elle profite du fait d'être une fille, ça, c'est certain.

Le 9 mai ! Tout le monde sait que le 9 mai 1994 est le jour où Nelson Mandela est devenu le premier président noir d'Afrique du Sud. Emporté par son exaltation, mon père a eu l'idée de célébrer ce grand jour en prénommant ma sœur Mandela et moi Nelson. Tout le monde a trouvé cela génial, à l'époque. Personnellement, j'aime bien ce cher vieux Mandela. Mais à l'école, j'avais régulièrement droit à des remarques idiotes. Surtout quand ma sœur et moi arrivions ensemble, ce qui n'était pas facile à éviter.

Mais je n'ai pas à me plaindre.

Il y avait un garçon dans notre classe qui se prénommait Baden-Württemberg, et deux autres, des jumeaux, George et Washington. Tout ça à cause d'une lubie de leurs parents. À tout prendre, il valait encore mieux s'appeler Nelson et Mandela.

En plus, Mandela et moi, nous nous ressemblions. Seulement, presque tout le monde disait d'elle que c'était une vraie beauté alors qu'on ne disait jamais ça de moi.

Sur d'autres plans, Mandela était très différente de moi. Elle se mêlait toujours de tout et se bagarrait à la moindre occasion. Dans notre équipe, c'était une redoutable joueuse de défense, et presque tous les cartons rouges étaient pour elle. À l'école, on aurait dit qu'elle se prenait pour une star de la télé ou un mannequin. Si tu avais vu les autres filles musulmanes, à côté ! Elles étaient pratiquement toutes timides et effacées.

Mandela était très sûre d'elle et ne se laissait pas marcher sur les pieds. Moi, à côté d'elle, j'avais l'air d'être tombé de la dernière pluie, comme on dit. J'ai toujours été un garçon calme et réfléchi qui laisse venir les choses. Tandis que Mandela, elle, agissait souvent sur un coup de tête et se rebiffait carrément contre mes parents quand quelque chose ne lui plaisait pas. Le pire, c'est qu'à la maison, elle racontait dans les moindres détails tout ce qui lui était arrivé, tout ce qu'elle avait fait. Et quand mes parents la grondaient, elle s'étonnait.

Moi, pour des raisons bien compréhensibles, je préférais la boucler. Les parents n'ont pas besoin de tout savoir !

Mandela s'intéressait peu à ce que je faisais. Sauf sur le terrain de foot où nous nous faisions des passes comme des somnambules.

Il était bien rare qu'elle jette un coup d'œil dans mon chariot. Pourtant, ce que je ramassais dans le delta de la rivière Ruvu et près des rizières valait vraiment la peine d'être vu. Mais pour Mandela, il n'y avait pas de quoi s'extasier sur un rat de cinquante centimètres de long.

J'avais donc quelques raisons de me plaindre

de ma sœur en particulier et de ma vie en général. Mais malgré tout, Mandela restait ma sœur chérie.

Les mesures éducatives de papa

Il y en avait du raffut, dans mon chariot ! Les pauvres bestioles sentaient bien qu'elles allaient passer un mauvais quart d'heure. Chaussé de mes bottes en caoutchouc, je pataugeai une fois encore dans l'eau saumâtre pour renouveler les appâts des pièges. Avant de repartir, je posai mes collets aux endroits les plus prometteurs et amarrai ma barque sous les buissons. Il m'avait fallu beaucoup de temps, beaucoup de travail pour repérer les meilleurs endroits. À présent, je pourrais vraiment me vanter d'être un expert, un grand spécialiste des crapauds, des mangoustes et des rats.

À vrai dire, ce travail matinal n'était pas une

corvée. Mais ça, je me gardais bien de le dire. Quand le soleil se levait, l'air était frais et léger au bord de l'eau. Même s'il n'avait pas plu depuis longtemps, les arbres et les arbustes étaient couverts de fleurs rouges, bleues et jaune orangé tout le long du chemin, du fleuve jusqu'à la maison. Parfois, quand on marche comme ça tout seul, on s'ennuie. Mais cette solitude du matin était différente et me plaisait.

Ce jour-là, il n'y avait pas d'école. J'avais fait promettre à Mandela de ne rien dire à nos parents. J'espérais que cette pipelette tiendrait sa langue, pour une fois. Quelle aubaine d'avoir toute une demi-journée pour traîner ! Notre entraînement de foot ne commençait que l'après-midi. J'ignorais ce que Mandela avait prévu. Pour ma part, je voulais aller au port, c'est-à-dire à la plage. Car d'après ce que je sais des ports, celui de chez nous n'en était pas vraiment un. Mais nous appelions cette portion de plage le port. Je me demandais qui j'allais y rencontrer et ce qu'il y aurait d'intéressant à voir ce jour-là. Peut-être un bateau en provenance de Zanzibar ou une barque traînant un énorme requin dans son filet. On ne pouvait jamais savoir à l'avance ce qui se passerait sur le port. Et même quand il ne s'y passait rien de particulier, c'était amusant de regarder les ouvriers marteler à tour de bras la coque de leurs barques. Bien sûr, ils n'aimaient pas tellement voir traîner autour d'eux des gamins qui les dérangeaient dans leur travail et faisaient des remarques stupides. Mais nous, on s'en fichait pas mal !

Dès qu'on avait du temps libre, on allait glaner des trucs le long des murs d'enceinte des hôtels. Dans le sable, sous les cocotiers, les enfants gâtés des touristes européens ou américains abandonnaient des tas de choses : balles en caoutchouc, jouets, tee-shirts, crème solaire, et j'en passe. Incroyable tout ce dont ils ne voulaient plus ! Ce qui atterrissait de ce côté du mur et que personne ne venait rechercher dans la minute suivante, on pouvait le prendre. Ce n'était pas du vol. Nous vendions ce qui ne nous intéressait pas à Mister Willies. Le seul qui nous en donnait un bon prix.

Je préférais ce genre de petit business à ce que faisaient, par exemple, d'autres enfants de ma classe. Ils s'habillaient en haillons et allaient tourner autour des touristes blancs en se faisant passer pour des enfants des rues, des orphelins. Si tu avais vu comme ils avaient l'air misérables ! Ça fendait le cœur. Ils se faisaient pas mal d'argent : beaucoup de Blancs charitables tombaient dans le panneau.

Pour ma part, je n'aurais fait ça qu'en cas d'extrême nécessité. Car enfin, nous n'étions pas de ces enfants des rues qui sont vraiment obligés de mendier pour vivre. Il y en a quelques-uns à Bagamoyo, mais pas autant que dans les grandes villes.

La journée s'annonçait belle. Je partis avec mon petit chariot et revins chez nous, dans la cour, de très bonne humeur. Papa sortit de la remise où il entreposait ses sacs de nourriture, son grillage, ses vitres et ses outils. Tout en essuyant ses mains pleines d'huile avec un chiffon bleu il jeta un regard oblique à mon butin du jour.

— Je t'ai dit qu'il me fallait plus de crapauds ! grommela-t-il en essayant de me donner une calotte.

Mais comme je me méfiais et que j'avais vu sa main bouger, j'eus le temps de l'éviter.

— Ce n'est pas la bonne saison, répondis-je d'un air docte en me mettant devant la vitrine des vipères du Gabon. Ils se cachent tout au fond de l'eau pour frayer.

Mon père me dévisagea, étonné.

— Qui t'a raconté ces sottises ? gronda-t-il tout en allumant une cigarette.

Alors que maman lui avait interdit de fumer. Mais le fait qu'il fume devant moi était une preuve de confiance ; je n'allais pas le dénoncer.

— Notre professeur, à l'école, répliquai-je d'un air important.

« Professeur » était un bien grand mot : il s'agissait tout simplement d'un instituteur. Mais papa n'y connaissait rien, il n'avait jamais mis les pieds à l'école. Pourtant il est loin d'être bête. J'insiste là-dessus, au cas où certains ne l'auraient pas compris !

— Bon allez, ouste ! tonna-t-il en s'approchant, avec sa grosse main.

Je déguerpis, craignant qu'il essaie encore de me frapper. Je suppose que les calottes font partie des mesures éducatives d'un père analphabète. Très peu pour moi !

— À quelle heure finis-tu l'école ? lança-t-il.

— À trois heures. Et après, on a entraînement, répondis-je d'une voix flûtée avant de m'éloigner en courant.

Il ne remarqua même pas que je partais sans avoir pris de petit déjeuner et sans mes livres de classe. C'est bien utile, parfois, d'avoir un père analphabète.

Maman, elle, était allée à l'école. Elle veillait toujours à ce qu'il y ait des livres à la maison, des livres en anglais et d'autres dans notre langue, le kiswahili. Elle les lisait systématiquement avant de nous les passer. Souvent le soir, une fois couché, je l'entendais faire la lecture à papa.

Quand je partis ce matin-là, elle était occupée à la cuisine. Sinon j'aurais dû prendre mon cartable pour faire comme si j'allais à l'école et le trimbaler toute la journée. Le partage des tâches entre les hommes et les femmes a quand même du bon.

Quand on réfléchit, tout peut arriver

Non, papa n'est pas bête. Son herpétarium remportait un vrai succès depuis son ouverture, même si les rentrées d'argent n'étaient pas encore à la hauteur de ses espérances. Quatre ans plus tôt, il avait perdu son emploi à l'hôtel Livingstone Club : pour la énième fois l'établissement avait changé de propriétaire et le nouveau directeur était venu avec son propre personnel. Apprenant cela, papa passa toute une matinée, assis devant notre maison, à réfléchir. Nous avions interdiction de parler fort ou de faire du bruit. Maman se déplaçait sur la pointe des pieds – pourtant elle marche pieds nus et est toujours très discrète. Papa était assis sur une chaise, comme une idole en bois. Même ses yeux ne bougeaient pas.

Je m'en aperçus en l'approchant de tout près pour m'assurer qu'il vivait encore. Quand on réfléchit, tout peut arriver.

J'agitai la main devant son visage. Pas de réaction. Je touchai délicatement celle qui était posée sur son genou. Elle était chaude. Or, comme chacun sait, les morts sont froids. Il était donc bien vivant.

Nous en eûmes bientôt la preuve. Nous étions à table le soir au dîner, maman, Mandela et moi. On voyait bien que maman se faisait du souci : elle regardait sans arrêt vers la porte devant laquelle son mari demeurait immobile comme une statue.

Et brusquement, coup de théâtre ! Papa se leva d'un bond, se précipita dans la cuisine tout chancelant, attrapa maman par la taille et la souleva de terre, hilare.

— J'ai trouvé ! chuchota-t-il, mais tellement fort que les voisins l'entendirent sûrement.

Maman le guida jusqu'à la table, comme un aveugle, et le fit asseoir devant une assiette de riz en sauce.

– Qu'est-ce que tu as trouvé, Calvin ? demanda-t-elle avec prudence.

Il se sourit à lui-même. Nous n'en saurions pas plus ce soir-là. Mais nous étions bien contents qu'il ait retrouvé sa bonne humeur et soit venu nous rejoindre à table. Car en dehors de maman, papa est l'âme de la maison.

Le lendemain, il se mit au travail sans rien dire à personne. Nous ne savions toujours pas ce qu'il avait derrière la tête. Mandela et moi essayions de deviner : entre les palmiers et les buissons, à l'arrière et sur le côté de la maison, il plantait des piquets, assemblait des planches avec des clous, découpait des morceaux de tôle ondulée, enchâssait des vitres dans des cadres en bois. Il maçonnait et martelait à tour de bras. Il semblait avoir un plan précis, mais lequel ? Impossible de le savoir. Et de toute façon, il n'y avait rien d'écrit.

J'étais loin de me douter de l'importance que tout cela aurait bientôt pour moi et du rôle que j'allais jouer dans sa future entreprise. Si tu n'as pas encore deviné de quoi il s'agissait, je vais te le dire : papa était en train d'aménager un terrarium pour serpents. Le soir au dîner, il nous expliqua tout.

– Tous les touristes européens viennent visiter notre parc national du Serengeti. Là-bas, ils voient plein d'animaux et c'est une bonne chose. Mais en Afrique, nous avons aussi des serpents. Avez-vous déjà rencontré quelqu'un qui vous a parlé des serpents du Serengeti ? (Il jeta à la ronde un regard triomphant.) Non, parce que les serpents se cachent. Chez moi, les touristes verront toutes sortes de serpents, du plus grand au plus petit. Je construis un zoo spécial, un zoo de serpents. Plus tard, j'y ajouterai peut-être des crocodiles. Avec ça, on va gagner beaucoup d'argent. Dès les premières recettes, Nelson, on t'achètera des baskets neuves. Et toi, ma petite Mandela chérie, tu auras une magnifique robe en soie.

Mandela rayonnait. Puis il prit fougueusement notre mère dans ses bras.

– Et toi, reine de mon cœur, tu auras... Allons devine !

Maman minauda, gloussa.

– Voyons, Calvin, dit-elle, tout embarrassée. Je ne sais pas si…

– Nous t'achèterons la bicyclette dont tu rêves depuis si longtemps. Je te l'ai promise avant notre mariage.

Maman se redressa.

– Si tu ne l'avais pas fait, j'en aurais choisi un autre que toi, répliqua-t-elle, pleine d'assurance.

– Je tiendrai promesse, tu peux y compter. Et très bientôt, en plus.

Papa prit place à table, avec un sourire satisfait, comme un vieux roi qui, après avoir perdu une guerre, a enfin remis de l'ordre dans son royaume.

Comment nous avons fait ensuite pour trouver des serpents, ça, c'est une autre histoire que je raconterai plus tard, quand j'aurai le temps. L'important, c'est que j'attends toujours mes baskets neuves. Mais bon, les vieilles font encore l'affaire.

Entre-temps, maman, elle, a eu sa bicyclette. Si tu voyais comme elle est fière quand elle la prend pour aller au marché et que tout le monde la regarde avec envie.

Tout ce qu'il y a à voir sur la plage

J'étais donc en route pour la plage où je voulais profiter de cette belle journée de liberté. Il fallait bien vingt minutes pour aller de notre terrarium au port. Ce n'était pas un trajet monotone comme tant d'autres, au contraire : on y voyait généralement une foule de choses. Mais ce jour-là, il n'y avait pratiquement pas d'enfants sur le chemin et on aurait dit que tous les adultes aussi se terraient chez eux.

Juste avant la plage, derrière un talus planté d'arbustes et de palmiers, il y avait deux hôtels. Je jetai un coup d'œil au bas du mur : quelques bouteilles en plastique vides, des Lego, une basket déchirée, une seule – rien d'intéressant.

C'était marée basse et elle découvrait très loin. Au bord de l'eau, je tombai sur Yakobo. Il avait dans les mains une énorme seiche qu'il battait sur le sable mouillé pour en faire sortir l'encre. On pouvait toujours essayer de demander à Yakobo comment il l'avait prise. On n'obtenait pour toute réponse qu'un sourire mystérieux.

— Je suis un chasseur solitaire, déclarait-il parfois avec fierté.

Nul n'a jamais découvert comment il arrivait à sortir des seiches de l'eau sans barque ni filet. Il les vendait aux restaurants, mais n'en attrapait que s'il avait absolument besoin d'argent. Il avait douze ans et c'était le garçon le plus paresseux qu'on puisse imaginer. C'est pour ça qu'il était goal dans notre équipe de foot.

— Mister Yakobo, cet après-midi, il y a entraînement, lui dis-je en le regardant fixement un long moment.

Inutile de le questionner à propos de sa seiche géante. Jamais il ne révélerait son secret.

— Je n'ai pas besoin d'entraînement, grommela Yakobo.

Splash ! Splash ! Il lançait la seiche morte sur le sable, ce qui faisait gicler de l'encre partout.

– Si l'entraîneur t'entend dire ça, il te mettra à la porte, lançai-je, à court d'inspiration.

Remarque stupide : il n'y a pas de meilleur gardien de but que Yakobo dans toute l'Afrique. Il ne répondit pas. Comme il n'avait pas envie de me parler, je repris ma flânerie, toujours en direction du port. À cinquante mètres de l'eau, près d'un buisson, je vis *mzee* Alex occupé à rafistoler son bateau. Ce vieux monsieur est un ami de mon père. Chaque semaine, ou presque, il lui apporte une nouvelle espèce de serpent. Je le regardais un instant démonter les planches vermoulues de la coque. Il avait soigneusement préparé les planches de remplacement, et tout ça à la main.

– *Jambo*, *mzee* Alex, lui dis-je bien poliment.

Il leva les yeux et releva la visière de sa casquette. Un minuscule mégot éteint pendait au coin de sa bouche. Il me fit un signe de tête : sa manière de répondre à mon bonjour. Il n'était pas très bavard et moi j'essayais à chaque fois de lui délier la langue.

– Les serpents, où est-ce que tu vas les chercher ?

Je brûlais depuis longtemps de lui poser cette question.

– Les serpents ? (Il interrompit un instant son travail.) Mister Nelson veut savoir où je vais chercher les serpents ?

Sans un mot de plus, il se remit à l'ouvrage, comme si je n'avais pas posé la question. Tac, tac, tac.

– Je ne connais personne qui rapporte à papa autant de serpents que toi, *mzee* Alex, insistai-je.

J'avais dit cela d'un ton admiratif, espérant l'inciter à en dire davantage. Mais il fit comme s'il n'avait pas entendu et garda le silence.

– Le monde entier se demande où tu peux bien trouver ces serpents.

Pour attirer son attention, j'esquissai quelques pas de danse, sur le sable. Quand je dansais, tous les gens que je connaissais s'interrompaient pour me regarder.

Rien à faire. Même papa n'a jamais réussi à savoir, et papa n'est pourtant pas bête.

Ainsi, chez nous, presque tout le monde avait un secret.

Non loin de là, Yakobo continuait à battre sa seiche en la jetant sur le sable, comme pour la punir.

J'approchai du port. Ne va pas t'imaginer un port comme dans les grandes villes. Dar Es Salam par exemple. Nous, nous n'avons qu'un vieux poste de douanes qui date de l'époque coloniale allemande, avec des stores aux fenêtres et quelques très hauts poteaux à côté. Juste en face, tu vois une douzaine de cubes de béton d'où sortent des ferrailles rouillées. Ce sont les ruines d'un hôtel ou d'un club-house construit à l'époque par les Allemands.

Je connais pas mal de gars qui veulent se rendre intéressants et impressionner les touristes : ils leur racontent qu'autrefois les esclaves étaient attachés à ces tiges de fer. On les avait soi-disant fait monter sur les blocs de béton pour que les marchands arabes et européens les voient mieux. Celui qui ne trouvait pas d'acquéreur avait le droit de rester à Bagamoyo. Les autres étaient embarqués à bord de gros bateaux pour Zanzibar et, de là, emmenés en Amérique ou ailleurs.

C'est n'importe quoi ! Le commerce des esclaves a duré assez longtemps ici, c'est vrai, mais les cubes de béton n'ont rien à voir là-dedans. Le jour où il en fut question en classe, je demandai à l'instituteur où allaient les esclaves dont personne ne voulait.

– Ils étaient vendus moins cher dans l'intérieur du pays, expliqua-t-il. Ou bien ils se réfugiaient à la mission catholique qui les libérait et leur donnait un lopin de terre.

Après quoi il haussa le ton, comme il faisait toujours quand il voulait nous dire une chose à graver à jamais dans nos mémoires.

– Chez nous, il n'y a que deux sortes de familles : les descendants d'esclaves et les descendants de propriétaires d'esclaves.

Il demanda à chacun d'entre nous de se lever pour dire à laquelle de ces deux catégories il appartenait.

Je savais parfaitement que mon arrière-grand-père du lac Victoria était arrivé ici comme esclave. Maman me l'avait raconté. Mais, dans la classe, personne ne prit la peine de se lever, tout le monde resta le derrière sur sa chaise. Moi aussi. Alors Monsieur Kamata devint tout triste. Il ne comprenait pas qu'aucun d'entre nous ne veuille l'aider à raviver les histoires du passé. D'ailleurs nous n'en parlions jamais. Mais *walimu* Kamata était passionné par les recherches historiques. J'avais entendu dire qu'il allait parfois avec le père Henschel de maison en maison pour interroger les anciens sur leur enfance. Ils en ont même fait un livre, tous les deux, mais dans la classe, personne ne l'a lu.

En tout cas, chacun sait maintenant ce qu'il en est des cubes de béton du port. Si par hasard tu passes un jour par ici, regarde-les, mais ne te laisse pas embobiner, ne va pas croire toutes ces sornettes sur les esclaves.

Au milieu de la plage encore presque déserte, près du poste de douanes, Saïd était assis en train de nettoyer des poissons, comme depuis plusieurs semaines déjà. Il en avait encore une tonne à faire. Je le saluai d'un *jambo, habari gani ?* mais il ne leva même pas les yeux. Je l'admirais beaucoup, car je n'avais jamais rencontré personne qui sache, aussi vite et aussi bien que lui, nettoyer les poissons, les petits comme les grands. Même les femmes, sur le marché, qui sont assez rapides pour ce genre de choses, ne pouvaient égaler Saïd. Il commençait par les écailler, à une vitesse vertigineuse, scratch, scratch, scratch. Ensuite il ouvrait le ventre d'un coup de couteau, sortait ce qu'il y avait à l'intérieur et jetait le poisson vidé dans un seau. Je demeurai là quelques minutes à le regarder travailler assis sur un sac en toile tout sale. J'étais fasciné par son adresse qui faisait que les poissons, une fois passés entre ses mains, n'avaient plus le moindre petit grain de sable collé à leur peau. En plus d'être un maître dans l'art de vider les poissons, Saïd était le meilleur libéro de notre équipe de foot. C'était lui qui avait les idées les plus originales pour feinter l'adversaire ou faire des passes risquées. Malheureusement il n'était pas très disponible, vu le temps qu'il passait à vider des poissons.

Depuis que son père était malade, il devait faire vivre toute sa famille... et ils étaient nombreux. Il n'avait même plus le temps d'aller à l'école.

Je m'accroupis quelques instants près de lui.

— Il y a entraînement, cet après-midi, dis-je.

Il ne s'interrompit pas une seconde, ne leva même pas la tête vers moi, tellement il était concentré sur son travail.

— Et qui va préparer les poissons ? fit-il sèchement.

Il avait les traits tendus, les yeux rouges.

— Tu pourrais tout de même souffler un peu. Depuis quand es-tu assis là ?

— Depuis le lever du soleil, répondit-il.

Scratch, scratch, scratch, et un nouveau poisson nettoyé atterrit dans le seau qui en contenait déjà au moins cinquante.

— Alors, tu viendras ?

Saïd secoua la tête. Il ne nous rejoignait que lorsque nous avions vraiment besoin de lui. Il était venu, par exemple, trois semaines plus tôt, quand nous avions joué contre le village voisin de Kikoka. Nous avions d'ailleurs gagné haut la main, cette fois-là. Mais il y mettait des conditions, comme un joueur aussi célèbre que l'Anglais David Beckham : il fallait que deux de nos remplaçants viennent nettoyer les poissons à sa place. Car un seul joueur n'aurait pas suffi pour abattre le travail que Saïd abattait à lui tout seul. Il n'était pas question qu'il perde son boulot.

Aujourd'hui, j'usais ma salive pour rien : je n'arriverais pas à le convaincre. Avant de m'en aller, je haussai les épaules pour lui montrer que je regrettais.

Chemin faisant, je pensai que notre équipe de foot était bien pitoyable avec moi pour capitaine, un gardien de but plutôt doué mais paresseux comme un loir, trois filles en défense, un libéro bourré de talent et d'idées qui nettoyait des poissons à longueur de journée, notre avant, Mirambo, muet comme une carpe, et un entraîneur, Nkwabi, très occupé par ailleurs. Mime et professeur de tambour, il était presque toujours par monts et par vaux, et nous ne pouvions pas compter sur lui pour nous entraîner régulièrement.

En plus, il y avait dans notre petite troupe toute sorte d'autres problèmes gratinés. Mais j'en parlerai plus tard.

Je regardai vers le haut de la rue qui passe entre le poste de douanes et les cubes de béton. Des bouffées de fumée s'échappaient du marché, s'élevant lentement dans la chaleur du matin au-dessus des toits en bardeaux ou en tôle ondulée qui dessinaient des dominos multicolores. Perchés sur des échafaudages, des ouvriers crépissaient le mur d'un bâtiment. La boutique pour touristes qui vendait de l'artisanat en bois et des dessins allait ouvrir. Un homme en haillons tirait sur une clôture en fil de fer comme sur un âne rétif. Ses chapelets de jurons venaient jusqu'à moi. Les étals du marché en planches noircies, en tôle ou en feuilles de palmier tressées étaient vides aujourd'hui. Il n'y avait qu'un petit feu qui fumait dans un coin. Ça sentait le caoutchouc brûlé. On ne voyait pas plus loin dans le village, car les grands palmiers qui dépassaient largement les toits cachaient tout.

Mandela et ses deux copines, Hanan et Hanifa,

étaient accroupies dans l'ombre du poste de douanes. Elles ne faisaient rien de particulier, sinon bavarder et glousser comme des petits cochons d'Inde. Les filles avaient toujours un comportement un peu bébête et étaient bien moins calmes que nous, les garçons. Je me laissai gagner par leur bonne humeur, si bien que les idées noires qui me venaient chaque fois que je pensais au foot s'envolèrent.

Comme les filles ne semblaient pas m'attendre, je tournai la tête vers la mer. Juste comme ça, pour le plaisir de contempler les eaux calmes de l'océan Indien. Je me suis toujours demandé pourquoi il s'appelle l'océan Indien. Monsieur Kamata lui-même est incapable de l'expliquer. Les instituteurs savent beaucoup de choses, mais pas tout. Moi, je trouve qu'il devrait s'appeler l'océan Africain. Que les Indiens le nomment comme ils veulent, de leur côté, ça m'est égal. Mais ici, nous sommes en Afrique, oui ou non ?

Un bateau de Zanzibar

Je l'ai reconnu, alors qu'il était encore loin à l'horizon, avec ses tissus multicolores flottant dans le soleil et sa large proue qui piquait dans les vagues et remontait, piquait et remontait. Un bateau faisait route vers notre port.

Il ne pouvait venir que de Zanzibar. C'était toujours intéressant de voir débarquer des visiteurs ou simplement des habitants de notre ville qui rentraient chez eux. Et de savoir quelles nouvelles ils apportaient. J'étais très content, quoiqu'un peu déçu de n'avoir personne pour flâner avec moi. Où étaient passés les autres ? J'étais pratiquement certain qu'ils avaient tous fait croire à leurs parents qu'ils allaient en cours.

Pour voler un jour de liberté, il y a des astuces vieilles comme le monde ; mais les parents semblaient les avoir oubliées. Ou alors, à notre âge, ils étaient sages comme des images. C'est ce qu'ils essaient de nous faire croire, en tout cas.

Bientôt j'entendis le vrombissement du moteur diesel. Il toussotait comme s'il allait tomber en panne d'une minute à l'autre.

Tel celui d'un vieil autobus, le pot d'échappement du *walimu* Nyerere crachait une fumée noire, mais il avait réussi, une fois de plus. Il arrivait toujours à l'heure, partait toujours à l'heure. Au cas où tu ne t'en serais pas encore aperçu, en Afrique, nous sommes très à cheval sur les horaires.

Comme il n'y avait pas de débarcadère, tous les passagers étaient obligés de mettre pied à terre dans l'eau. Un marin géant, une montagne de muscles, aidait les plus âgés à descendre du bateau. Il les prenait à bras-le-corps et d'un seul élan les déposait dans l'eau : entre ses mains, même les plus grosses dames paraissaient légères comme des poupées. Elles poussaient de grands cris et reprenaient aussitôt leur bavardage. Le jour où nos grosses mamas qui vendent sur les marchés cessent de jacasser, c'est qu'elles sont mortes et enterrées.

Presque tous les passagers avaient de l'eau jusqu'aux genoux. Nkwabi, notre entraîneur, n'eut besoin d'aucune aide pour débarquer. Pieds nus, le pantalon roulé jusqu'aux mollets, il sauta dans l'eau, et on lui passa sa valise et ses chaussures. Je décidai de lui porter ses bagages. Il était plutôt sympa, c'était même un type super. Tout le monde l'aimait. Pourquoi ? me demanderas-tu. Je ne saurais pas bien l'expliquer, mais il avait un sourire qui te mettait tout de suite à l'aise quand tu discutais avec lui. Et il plaisantait à tout bout de champ. Il n'était pas ennuyeux comme tant d'autres et, en même temps, c'était quelqu'un d'attentif et fiable. Comment arrivait-il à être tout cela à la fois ? Je me le demande encore aujourd'hui.

Nous échangeâmes notre salut habituel, poing contre poing, en riant et en plaisantant, après quoi il dansa autour de sa valise en chantant :

– Je me demande comment je vais pouvoir amener ce fardeau jusqu'au centre culturel, moi qui suis si las et qui manque de sommeil, moi qui n'ai pas dormi de la nuit... et puis et puis...!

Je pris sa valise et nous nous mîmes en route. Je m'étonnais qu'elle soit si légère. Peut-être Nkwabi n'avait-il emporté que l'odeur de girofle de Zanzibar. Il commença tout de suite à parler et me raconta un truc vraiment époustouflant.

– Eh bien, Mister Nelson, mon capitaine. Tu vas bien écouter ce que je vais te dire et le répéter à toute l'équipe. Demain, un autocar va arriver de Dar Es Salam. Et qui y aura-t-il dans cet autocar ? Des vieux ? Des magiciens en vacances ? Des touristes barbants ? Des chasseurs de gros gibier du Serengeti ? Toutes les vendeuses de marché d'Afrique qui viendraient pour leur réunion annuelle ? Noooon !!! Les juniors d'une vraie équipe de football allemande ! Des Allemands qui joueront contre vous dans trois jours, je me suis mis d'accord avec eux à Zanzibar. Ils ont entendu parler de vous : on leur a dit que vous étiez imbattables !

Il s'arrêta, fit une pause pour ménager son effet et prit un air affligé.

— Je ne sais pas qui leur a raconté ça. Mais moi, je me suis bien gardé de dire qu'en réalité vous n'êtes qu'une bande de paresseux indisciplinés, et que vous manquez autant d'imagination que de talent.

Je posai la valise dans la poussière, me plantai devant Nkwabi et le regardai droit dans les yeux :

— Qu'est-ce que tu racontes ?

— Ne t'inquiète pas, je n'ai pas soufflé mot de vos faiblesses.

— Et comment savent-ils que nous sommes une super équipe ?

— Ah bon ? C'est vrai, alors ? Vous êtes une super équipe ?

Nkwabi avait les yeux pétillants.

— Toi alors, tu fais vraiment un drôle d'entraîneur !

Je ne savais pas très bien si je devais lui en vouloir pour tout ce qu'il ne leur avait pas raconté. En tout cas, je pouvais difficilement lui passer un savon. Sur ces entrefaites, Mandela et ses deux amies apparurent au coin de la rue.

– Une chose est sûre : sans ces trois petites pâquerettes, ce serait perdu d'avance ! dit Nkwabi en montrant les filles qui étaient encore en train de pouffer de rire.

Il le dit assez fort pour qu'elles entendent. Mais il avait raison, les piliers de notre équipe, c'étaient elles.

Au début, il y avait eu un tollé général, quand elles avaient voulu se joindre à nous. Saïd et un milieu de terrain refusaient catégoriquement : pour eux, c'était impossible. Alors Mandela ne fit ni une ni deux : elle alla trouver le professeur d'éducation physique de notre école, Monsieur Maeda Haji. En plein milieu du cours, elle fit irruption dans sa salle de classe et lui demanda s'il était interdit de former des équipes de football mixtes. Il était tellement surpris qu'il oublia de la gronder pour l'avoir interrompu.

Le soir, il compulsa un livre anglais sur le football et demanda conseil à des amis. Il téléphona même à notre ministre des Sports. Le lendemain, il prit Mandela à part.

– J'ai épluché tout un livre sur le football. Il n'en est question nulle part. Et monsieur le ministre à Dar Es Salam a dit que c'était d'accord.

Vous imaginez bien que le jour même, Mandela a fait une entrée triomphante à l'entraînement. Ses deux copines et elle jouaient très bien : un mur défensif si solide qu'on ne pouvait le franchir qu'au péril de sa vie ! Nous n'étions pas tous satisfaits de cette solution. Mais pour ma sœur il n'était pas question de négocier.

– On n'est pas encore assez nombreuses pour former une équipe de filles. Alors on joue avec vous ! annonça-t-elle.

Pour elle, c'était réglé. Et les garçons finirent par s'y habituer.

Maintenant, les trois filles se dirigeaient droit sur Nkwabi et moi. Elles n'étaient pas seules. Mirambo, notre extérieur droit, trottait à deux mètres derrière elles, en silence. On aurait dit leur garde du corps. En réalité, il était trop timide pour leur adresser la parole. Sur le terrain de foot, il ne disait pas un mot, mais jouait comme un dieu ! Chaque fois qu'il récupérait le ballon, on ne le tenait plus. Son nom, déjà, inspirait de la crainte, pour ne pas dire de la terreur, aux adversaires. Mirambo, c'était un prince et un terrible guerrier qui avait régné dans les montagnes de la Lune, très loin, à l'ouest. J'avais lu un jour qu'il avait flanqué une belle frousse aux marchands d'esclaves et à d'autres profiteurs qui n'avaient rien à faire là. Il n'y allait pas non plus par quatre chemins avec les escrocs arabes ou européens.

À onze ans, notre Mirambo mesurait déjà 1,77 mètre. Sa famille était originaire de l'île Ukerewe. Figure-toi que là-bas, les gens sont des géants, les femmes comme les hommes. On dit souvent qu'à la naissance, les bébés sont aussi grands que les enfants de chez nous quand ils rentrent à l'école élémentaire.

Mirambo était le plus grand joueur de notre équipe. Moi qui ne mesurais à l'époque que 1,50 mètre, cette différence m'agaçait un peu.

Nkwabi expliqua brièvement aux filles et à Mirambo qu'il allait y avoir une rencontre avec une équipe allemande.

— Donc, expliqua-t-il d'un ton sans réplique, il faut remettre le terrain en état. Lignes de touche, surface de réparation, point de penalty. Et dans les buts, il nous faut des filets dignes de ce nom. Sinon, on va se ridiculiser. Vous savez... (il marqua une pause, comme s'il en arrivait à présent au point crucial) ils ont un entraîneur qui a une vraie formation. À Dar Es Salam, ils ont gagné 5 à 1, et à Zanzibar, 4 à 2. On va bien voir de combien de points ils vont vous battre, bande d'indisciplinés !

Je savais qu'il avait dit cela pour nous provoquer, mais je ne tombai pas dans le panneau. Je dis simplement :

— On va les écraser ! Est-ce qu'ils savent qu'on a des filles dans notre équipe ?

— Je ne le leur ai pas dit explicitement, répondit Nkwabi avec un sourire rusé. Mais ils ont certainement des armes secrètes, eux aussi. Dès demain, ils s'installent au Travellers Lodge.

Vous devriez peut-être aller les voir et discuter de tous ces détails avec eux.

À nouveau, une de ses pauses caractéristiques. Je savais ce qui allait suivre.

– Nelson, tu es le capitaine. Alors occupe-toi du terrain et de tout ça, d'accord ? Je ne peux pas vous aider, j'ai encore plusieurs cours de percussion à donner aujourd'hui, et en plus, j'attends de la visite de l'étranger.

Il prit sa valise et partit en sifflotant. De temps en temps, il esquissait un pas de danse : on voyait qu'il était de très bonne humeur. Pas étonnant : il venait de me refiler toute la responsabilité de cette affaire.

Mirambo me dévisagea d'un air interrogateur, comme un cheval qui veut savoir s'il doit aller à droite ou à gauche. Il allait m'aider, mais ça ne m'avancerait vraisemblablement pas à grand-chose : si Mirambo faisait des prouesses sur un terrain de foot, il n'avait pas l'esprit très vif. Pourtant, comme on allait bientôt s'en apercevoir, je me trompais lourdement !

Musulmans contre Chrétiens ?

Notre équipe manquait d'occasions de se mesurer à de vrais adversaires : c'était un sujet de discussion très courant entre nous. Les matchs « garçons contre filles » étaient impossibles : trop peu de filles s'intéressaient au foot. Fallait-il organiser des matchs « Musulmans contre Chrétiens » ? Ou « Catholiques contre Luthériens » ? Lorsque nous avions proposé cela à Maeda Haji, le prof d'éducation physique de notre école, il avait secoué la tête, agacé.

— Très mauvaise idée ! Ce qu'il faut, c'est constituer une équipe avec les meilleurs. Sur un terrain de foot, l'appartenance religieuse ne doit pas entrer en ligne de compte.

C'était Maeda Haji qui avait fondé notre club de foot et il tenait à ce qu'à la fin de chaque match, nous priions tous ensemble. Peu importait que certains soient athées, musulmans, chrétiens ou autre ; il formulait les prières de telle sorte qu'elles convenaient à tout le monde.

Dans notre région, il n'y avait que deux équipes constituées, une à Kikoka et une à Mlingotini. Nous avions déjà joué contre chacune d'elles ; les autres rencontres n'avaient pas eu lieu faute d'argent pour prendre le car. Une fois nous avions essayé l'auto-stop. Mais seule la moitié d'entre nous était arrivée à l'heure et il avait fallu annuler le match. Nous ne pouvions tout de même pas supplier des types qui traînent dans les rues ou sur la plage – et ce n'est pas ce qui manque, ici – de jouer contre nous.

Maintenant, nous avions enfin un adversaire ! Et, qui plus est, une équipe européenne, bien dirigée, avec un entraîneur, des maillots et tout le grand jeu. Ces équipes-là s'entraînent presque tous les jours et gagnent pratiquement tous leurs matchs, c'est bien connu. J'étais persuadé que ça tournerait mal pour nous avant même la mi-temps, mais je préférais ne pas y penser.

Je décidai d'aller voir Hussein Sosovele le soir même, après l'entraînement. Il s'était acheté une maison dans le plus beau quartier de Bagamoyo, avec l'argent qu'il avait gagné quand il jouait à la Juventus de Turin. Avant, il était dans l'équipe des Grasshoppers de Zurich et je ne sais plus où encore, en Allemagne. Peut-être pourrait-il me donner quelques conseils, pour le match.

Évidemment, beaucoup de joueurs étaient absents à l'entraînement, cet après-midi-là, ce qui, pour nous, était tout à fait normal. Nous ne manquions pourtant pas d'enthousiasme, mais certains d'entre nous, comme Saïd, étaient obligés de travailler pour nourrir leur famille. Ils devaient aider aux travaux des champs ou vendre des œufs durs ou des gâteaux dans la rue. En revanche, Yakobo le vendeur de seiches était présent, ainsi que Mirambo et les trois filles. Il y avait aussi le milieu de terrain Guido Leshabari, l'ailier gauche Omari et notre avant-centre Tutupa Aly. De toute façon, comme il fallait remettre le terrain en état, nous n'aurions pas beaucoup de temps pour l'entraînement. Et en plus, l'entraîneur ne viendrait pas : c'était à moi de tout assumer.

Peu après, nous étions assis en cercle sur la pelouse en pente, devant les ruines qui allaient devenir un jour le siège de notre club. Pour l'instant, il n'y avait que quatre murs et les ouvertures des fenêtres. À l'intérieur poussaient des arbres déjà grands comme des hommes et d'énormes ronces. Pas très présentable pour un club-house.

Mirambo alluma une cigarette. Je lui fis remarquer sèchement que ce n'était ni le lieu ni le moment. Il se contenta de sourire. Je n'avais décidément aucune autorité. Espérons qu'il ne fumera pas sur le terrain le jour du grand match, me dis-je. Pendant un match, il se permettait des choses encore bien pires : parfois il faisait une passe à un joueur de notre équipe et allait se planter sur la ligne de touche pour pisser. Nkwabi lui avait expliqué maintes fois que la mi-temps était justement faite pour cela, mais jusqu'à présent, Mirambo n'en avait pas tenu compte.

Comment on organise un
match international

— Mes amis, dans trois jours aura lieu notre grand match contre une équipe allemande. C'est une occasion unique, une chance inespérée de montrer au monde entier de quoi nous sommes capables.

J'interrompis mon discours pour dévisager chacun de mes camarades.

— C'est maintenant ou jamais ! Ce soir, je vais aller demander à Hussein Sosovele des conseils pour le match et je vous les transmettrai demain matin. Sosovele a accumulé une grande expérience en Europe, en Italie et dans d'autres pays.

Je m'arrêtai encore car j'avais l'impression que personne ne m'écoutait vraiment. Peut-être fallait-il d'abord leur parler des aspects pratiques.

– Où allons-nous trouver des filets pour les buts ? Quelqu'un a une idée ?

Mandela se leva, vint s'asseoir près de moi, comme si elle était vice-capitaine, et prit la parole. Ça m'arrangeait bien, car je n'avais personnellement aucune idée de la façon dont nous pouvions résoudre tous ces problèmes.

– Dans le port, il y a un gros tas de filets de pêche déchirés qui traînent et qui ne peuvent plus servir à personne. Si on les cloue sur les cages en double ou en triple, ça ira, proposa-t-elle.

Je trouvais l'idée géniale. Pourquoi n'y avais-je pas pensé moi-même ? Surtout que je venais juste de passer devant ce tas de déchets ! Mais Mandela n'avait pas fini.

– Hanan, Hanifa et moi, on peut s'en charger. Il va sûrement falloir les coudre solidement entre eux, pour qu'ils résistent en cas de but violent. Laissez-moi vous dire une chose : sans filets vraiment sérieux, ne comptez pas sur moi. C'est quand même un match international !

Je n'y avais pas encore pensé et tout à coup, l'excitation me fit monter le sang à la tête.

— Un match international contre les « sacs de farine » ! lança Tutupa dans un éclat de rire.

Je ne pouvais pas laisser passer cela.

— On ne dit pas « sacs de farine », protestai-je. C'est une insulte raciste ! Où as-tu pêché cette expression, d'abord ?

— C'est mon père qui appelle les Blancs comme ça, expliqua Tutupa. Une fois, un touriste blanc l'a traité de « sac à charbon ». Depuis, il appelle les Blancs des « sacs de farine ».

Impossible de venir à bout du fou rire général. Même les gosses, les petits morveux qui formaient toujours autour de nous un attroupement de curieux, riaient à gorge déployée. Surtout Sam Njuma. Il avait à peine quatre ans mais ne manquait jamais une occasion de venir traîner autour de nous. Il était fou de foot. Un jour Sam deviendrait certainement un très grand joueur. Chaque fois que quelqu'un lui demandait où il voulait jouer, plus tard, il bredouillait : « Lubentus Turiiin. »

Je trouvais moi aussi l'explication de Tutupa assez drôle, mais Nkwabi ne supporterait jamais ce genre d'expression. Il pouvait être sévère. Exactement comme Maeda Haji.

– Eh bien, on n'a qu'à les appeler *mzungu*, comme tout le monde, proposa Mandela.

– Tu trouves ça mieux ? Ça veut dire : « Ceux qui ne comprennent rien », commenta Tutupa.

– C'est toujours mieux que « sacs de farine », dis-je pour clore le débat.

Je passai à la tâche suivante :

– Alors, ensuite, il faut s'occuper des lignes de touche et de la surface de réparation. Où allons-nous trouver de la craie ou du calcaire ?

– Il faut qu'il soit grand comment ce terrain ? demanda Omari, l'ailier gauche.

Personne ne remarqua ma perplexité, car juste à ce moment, un troupeau de vaches traversa le terrain. Encore une chose qu'il faudrait éviter, pendant le grand match. Je sortis un bout de papier de la poche de mon pantalon pour noter :
- *troupeau de vaches*
- *filets (filles)*
- *lignes de touche*
- *superficie du terrain pour un match international*

— Je vais demander à Sosovele, il sait tout, dis-je avec assurance avant de répéter ma question : Où est-ce qu'on va trouver de la craie ?

Grand silence. Et moi-même, je n'en avais pas la moindre idée. À ma surprise, Mirambo fit une proposition qui tenait en peu de mots :

— Du sable !

— Comment ça, du sable ? demandèrent les autres en chœur.

— Du sable, murmura-t-il encore une fois en regardant ses pieds, d'un air gêné.

Tout à coup, j'eus une illumination :

— Tu veux dire qu'il faut prendre du sable à la place de la craie, pour tracer les lignes de touche et la surface de réparation ?

Il acquiesça et quand j'eus enfin compris, son idée me parut fabuleuse. Chez nous, sur la plage, le sable est très blanc. Ça ressortirait parfaitement sur le sol sombre du terrain.

— Merci Mister Mirambo ! C'est une excellente idée. Mais où trouver une charrette ? Il va nous falloir énormément de sable.

Silence encore. Personne n'avait une autre

proposition. C'est alors que la voix timide de Mirambo s'éleva de nouveau.

— La charrette à ordures ! dit-il.
— Quoi ? La charrette à ordures ?

Mirambo acquiesça d'un signe de tête mais ne dit rien de plus. Aujourd'hui, il se comportait comme un professeur qui pose un problème et attend patiemment que les élèves trouvent la solution. Je compris enfin où il voulait en venir.

— Ah, tu penses à une de ces charrettes à bras en bois qui servent à emporter les ordures à la décharge ? demandai-je.

Il ne jugea même pas utile de répondre, tant il était sûr d'avoir trouvé la bonne solution. Ou alors sa timidité était telle qu'elle l'empêchait de dire oui ou non d'un simple signe de tête. Notre ailier est tellement peu loquace qu'on a souvent du mal à savoir ce qu'il veut dire. En tout cas, son idée était valable et personne n'avait mieux à proposer.

— Qui connaît quelqu'un qui pourrait nous prêter une charrette comme ça ? demandai-je à la ronde.

Tout le monde se tut, une fois de plus. Puis Mirambo leva un doigt. Un seul doigt ! Sans dire un mot.

– Tu peux te la procurer d'ici demain ? demandai-je.

– D'accord, chef, répondit-il.

C'était la plus longue phrase que je l'entendais prononcer depuis des semaines.

L'affaire était dans le sac et je lui lançai un regard reconnaissant.

– D'ici demain, je saurai aussi quelle superficie doit faire le terrain pour un match international. J'espère qu'il ne faudra pas déplacer les buts. Sinon ce sera encore des problèmes supplémentaires.

Sur ce, Mirambo se leva, courut se mettre devant un but puis avança lentement vers l'autre. Très concentré, d'un pas parfaitement régulier. Nous étions là, muets devant ce géant en train de marcher sous un soleil éclatant. Sa peau d'un noir profond brillait car il ne portait pas de tee-shirt et transpirait. Nous commencions à comprendre où il voulait en venir. Il n'était pas si benêt que ça, notre géant d'Ukerewe !

Parvenu à l'autre but, il s'arrêta net. Puis il revint vers nous en courant de cette façon caractéristique et se laissa tomber par terre. À la même place et dans la même position qu'avant, comme s'il ne s'était rien passé.

– Cent dix mètres, marmonna-t-il.
– Tu es sûr ? lui demandai-je.
Mirambo acquiesça.

Pouvais-je me fier à lui ? Et si son pas n'était pas aussi régulier qu'il en avait l'air ? Il me fallait absolument un mètre à ruban pour vérifier. Mais où en trouver un ? Je notai sur ma liste :

• *mètre ruban*

Je peux déjà vous le dire : c'étaient très exactement cent dix mètres, au centimètre près. Ce Mirambo était un génie, dans son genre !

Le soir même, je me rendis chez le menuisier, Haji Omari Bashir, un ami de mon père. Il me prêta un mètre en bois de deux mètres de long. La nuit venue, en secret, j'allai mesurer la longueur du terrain. Ce n'était pas évident, tu imagines bien. Il fallait que je mesure dans le noir : personne ne devait savoir que je doutais de Mirambo, il risquait sinon d'être terriblement vexé. Un capitaine doit toujours ménager la susceptibilité de ses joueurs. C'est Nkwabi qui m'a appris ça.

Des problèmes à la pelle !

Je fus tout aussi prudent l'après-midi, lorsque nous nous retrouvâmes assis en rond devant le club-house. J'avais assez de soucis comme ça et je ne voulais pas me mettre Mirambo et les autres joueurs à dos inutilement.

– J'espère qu'on a la bonne distance entre les deux buts. Sinon, il va falloir encore déplacer une cage. Ce serait un boulot monstre, avançai-je.

– Si ça se trouve, il faudra qu'on déplace les deux, intervint Tutupa.

– Les deux ? Pourquoi ça ? demandai-je.

Il me lança un regard embarrassé tandis que les autres réfléchissaient intensément.

– Parce que la distance entre chaque but et le milieu de terrain doit être la même, expliqua

Tutupa, aussi fièrement que s'il avait découvert la pierre philosophale.

– C'est vrai. Mais c'est nous qui allons tracer la ligne de milieu de terrain ! Alors il suffit de déplacer une seule cage, dis-je pour mettre fin à la discussion. Je demanderai ce soir à Sosovele quelle est la distance réglementaire. Quoi d'autre ?

Je jetai un regard circulaire sur le groupe.

– Avec quelles chaussures on va jouer, au fait ? demanda Hanifa. Les sacs de farine auront sûrement de ces pompes avec des crampons hyper durs. Ils vont nous casser les os ! Qu'est-ce que tu proposes, Mister Nelson ?

Elle me regarda d'un air légèrement provocateur. M'étais-je montré trop timoré pour un capitaine d'équipe, cet après-midi-là ? Pas le temps de réfléchir à la question, mais c'était effectivement mon point faible. Je décidai de ne pas relever une fois encore le terme de « sacs de farine ».

– À moins que notre brillantissime capitaine trouve quelqu'un pour nous acheter à tous des vraies chaussures de foot ? Il paraît qu'il fait parfois des miracles ! ajouta Hanifa.

Par contre, je ne pouvais pas ignorer ça. Je ne pouvais pas laisser cette fille saper définitivement mon autorité. Sans attendre que Mandela prenne ma défense, comme elle le faisait toujours dans les situations difficiles, je dis, d'un ton aussi assuré que possible :

– Tout le monde jouera en baskets ! Nous nous sommes mis d'accord là-dessus ! Mademoiselle Je-sais-tout est-elle satisfaite ?

Cette fois, j'eus tous les rires de mon côté. Mais comme j'ignorais si on avait le droit, dans un match international, de jouer en baskets, j'ajoutai discrètement à ma liste :

• *voir question des baskets*

J'en avais des choses à faire derrière le dos des autres !

Puis, ce fut ce flemmard de Yaboko qui prit la parole :

– Qu'est-ce qu'on fait si Saïd ne joue pas ? Sans lui, c'est même pas la peine d'y penser. Les Blancs doivent avoir une défense vachement solide, tu penses bien. Pire qu'un mur en fil de fer barbelé électrifié !

– Il faut que je lui parle. Si on trouve deux ou trois personnes pour nettoyer le poisson à sa place, je suis sûr qu'il jouera avec nous.

En disant cela, je réussis à les rassurer un peu. Mais ensuite, les questions fusèrent de toutes parts, sans que je puisse intervenir.

– Ça fait des semaines qu'il n'est pas venu à l'entraînement !

– N'empêche qu'il est toujours en pleine forme !

– Et au fait, qui sera l'arbitre ?

– Dans un match international, il faut un juge de touche.

– Et quand est-ce qu'on va travailler la tactique, avec tout ce qu'on a encore à faire ?

– Et s'il pleut ?

– S'il n'y a pas de spectateurs, je ne joue pas dans un match international.

– Il faut faire venir la presse !

– Et la télé, évidemment.

– Oui, eh bien, tiens, pour trouver un arbitre qui connaît les règles...

– ... et qui sait se servir d'un sifflet.

— Il n'est pas question que Mirambo aille pisser ou fumer pendant le match ! Sinon toute la presse internationale en parlera.

Rires.

— Pas question non plus qu'Omari sorte ses bananes.

— Oui, mais si j'ai faim ? ronchonna Omari.

— T'as qu'à manger avant !

— On ne peut pas pisser avant !

— Bien sûr que si, on peut...

— On devrait obliger toutes les classes de l'école à venir regarder le match.

— Et on les fait payer ?

— Et les instituteurs ?

— Chez nous, il y a une institutrice aveugle.

— Il faut qu'on fasse appel à un sorcier. Sinon, on n'a aucune chance. Moi j'en connais un bon !

— Il faut au moins mettre un gri-gri dans notre cage... Ou un hibou dans celle des autres.

— Ça peut pas faire de mal !

Encore des rires.

Cela dura au moins une demi-heure. La plupart de ces réflexions, c'était un peu n'importe quoi, mais je pris tout de même quelques notes. Il fallait que je reparle à Mirambo de la pause pipi. Mais ça ne servirait peut-être à rien. Il avait un caractère particulier, comme tous les gens d'Ukewere. C'est du moins ce que l'on disait, et il y avait sûrement du vrai là-dedans. Personnellement, je n'étais pas pour les gris-gris, et surtout pas pour le hibou. Il est vrai que c'est une amulette qui peut porter malheur, mais elle empêcherait surtout nos joueurs de s'approcher du but. En plus, si ma mère apprenait qu'on avait fait appel à un marabout, elle serait folle de rage. Papa était plus tolérant pour ce genre de choses.

Malgré tout ce désordre, je réussis à les convoquer sur le terrain, le lendemain après-midi à trois heures ; les filles avec les filets, les clous et le matériel de couture, Mirambo avec une charrette remplie de sable. D'ici-là, je saurais quelle longueur et quelle largeur devait faire le terrain et j'aurais recueilli les conseils de Hussein Sosovele.

Hussein Sosovele, la superstar

Je ne voulais pas débarquer trop tard chez Sosovele, de crainte qu'il refuse de me recevoir. Heureusement, je le connaissais. Un jour, il avait fait cadeau de deux ballons à notre club en promettant aussi de nous entraîner. Mais depuis, nous ne l'avions pas revu. Peut-être était-il trop occupé à écrire ses mémoires de footballeur.

Le soir commençait à tomber et il faisait déjà moins chaud. Une brise soufflait dans les palmiers. Il fallait que je longe la plage sur quelques centaines de mètres, vers le sud, pour prendre ensuite vers l'ouest, derrière la rue du nouvel hôtel. Je reconnaîtrais sa maison.

Quand j'arrivai, il était seul dans son jardin,

allongé sur une chaise longue, devant son bungalow. Il portait un bermuda noir, un tee-shirt noir et des lunettes de soleil aux verres encore plus noirs, légèrement réfléchissants. Il avait à la main un verre de jus d'orange qu'il sirotait avec une paille. Voilà la vie de luxe que mène un footballeur, chez nous, quand il a gagné assez d'argent.

– *Jambo*, Mister Sosovele, lui lançai-je en restant poliment dans la rue.

Il jeta un coup d'œil par-dessus ses lunettes et me fit signe d'approcher.

– Qu'est-ce que tu veux, Mister Nelson ?

J'étais étonné que cet homme célèbre se souvienne de mon nom.

– Eh bien... Samedi, notre équipe va disputer un match international. Contre une équipe junior d'Europe. Je crois qu'ils viennent d'Allemagne et qu'ils ont gagné à Dar Es Salam et à Zanzibar. J'aurais voulu que vous nous donniez quelques conseils. Si vous aviez un peu de temps, maintenant...

Je traversai son jardin et pris place face à lui, sur un tabouret. De nouveau il lorgna par-dessus ses lunettes, assez longuement, en me regardant droit dans les yeux.

– Vous allez perdre ! dit-il d'un air las en se radossant. Vous allez perdre.

Que répondre à cela ? Lui donner raison ? Dans ce cas-là, je n'avais plus qu'à m'en aller. Je préférai dire, le plus calmement possible :

– On va les aplatir. On va tellement les surpasser qu'ils vont s'en mordre les poings. On va leur rentrer dans le chou comme il faut, à tel point qu'ils regretteront d'avoir accepté ce match.

Ma voix se faisait de plus en plus assurée, de plus en plus forte.

Un petit sourire éclaira le visage de Sosovele. Il ôta ses lunettes noires et me dévisagea.

– Comme ça, vous êtres décidés à gagner. C'est bien. Ça n'empêche que vous allez perdre.

– Mais pourquoi ?

Il se pencha en avant et articula avec mépris :

– Parce que vous n'avez aucune discipline. Parce que vous ne vous entraînez pas assez dur et pas assez régulièrement. Parce que pas un seul d'entre vous n'est capable de tenir sa position sur le terrain. Parce que vous foncez comme un troupeau de buffles fous. Parce que les équipes européennes sont exactement le contraire de tout ça – c'est bien pour ça qu'elles gagnent tout le temps. Voilà pourquoi !

En prononçant ces derniers mots, il avait levé l'index comme un professeur.

J'étais estomaqué ! Ce qu'il venait de dire sonnait comme le prêche sévère d'un pasteur dans une église remplie de pécheurs. Et ce n'était pas fini.

– En plus de ça, vous n'avez aucune psychologie.

Tandis que je me creusais la tête pour deviner ce que voulait dire cette dernière remarque, il se radossa et reprit son verre.

– Qu'est-ce que c'est, la psychologie ? demandai-je, bien que j'aie déjà entendu ce mot-là une fois à l'école ou dans la bouche de ma mère.

– C'est quand on joue bien et qu'en plus on domine l'adversaire, psychologiquement.

Je ne comprenais pas très bien, mais ne voulais pas en entendre davantage. Nous étions de bons joueurs, ça ne suffisait donc pas ? Ou bien faisait-il allusion aux gris-gris et autres trucs de sorcellerie ?

— On a fait des progrès, dis-je. Même en psychologie.

J'avais sûrement dit cela d'un ton penaud. Une fois encore il se pencha en avant, releva ses lunettes noires sur sa tête et me dévisagea attentivement.

— Qu'est-ce que vous avez appris ? Il y en a qui vont pisser pendant le match, d'autres qui vont se chercher une banane ou un épi de maïs et qui mangent en jouant. Ou alors quand ils sont fatigués ou qu'ils n'ont plus envie de jouer, ils s'assoient n'importe où. Et le terrain ? Moi j'appelle ça un champ ! Il n'y a même pas de filet dans vos buts !

Sosovele se leva, furieux, et se mit à marcher en long et en large, sans me quitter des yeux.

— On va le remettre en état. D'ailleurs, je voulais vous demander quelles dimensions doit faire le terrain pour une rencontre internationale. Je ne trouve ça nulle part.

— Cent dix par soixante-quinze, aboya-t-il.

Ce que je m'empressai de noter. C'était jusque-là le seul renseignement qui pouvait m'être utile.

— Mister Sosovele, vous n'auriez pas un tuyau à nous donner, une tactique à nous conseiller, ou je ne sais pas comment on appelle ça ? demandai-je.

Tout en triturant ses lunettes, il se rassit dans sa chaise longue. Il avait l'air hyper concentré, à présent. Comme mon papa quand il examinait une nouvelle espèce de serpent.

— Écris ce que je vais te dire ! ordonna-t-il. Ou prends au moins quelques notes. Bon : vous êtes plus rapides et plus souples. Vous avez une façon de jouer non conventionnelle, ça peut les surprendre et casser leur jeu. Vous êtes habitués au climat, ça aussi, c'est un bon point pour vous. Si vous les menez à un train d'enfer, ils seront épuisés au bout d'une demi-heure. N'oubliez pas ça…

Il sembla réfléchir, sourit et tapa un grand coup de sa longue main fine sur l'accoudoir de sa chaise longue.

— Si vous avez un bon avant-centre, envoyez-le tout de suite, marquez un but le plus tôt possible. Ça va les désarçonner et leur ficher la trouille. Et puis vous continuez, sans leur laisser le temps de se reprendre. Ensuite vous jouez comme des tornades, vous occupez tout le terrain, jusqu'à ce qu'ils n'aient plus qu'une envie : retourner en Allemagne. Et après...

Il souriait maintenant de toutes ses dents blanches et parla soudain tout bas, comme pour me révéler un secret :

— Et ensuite, repliez-vous. Faites comme si vous étiez à bout de souffle. Ils vont reprendre courage ; laissez-les venir par la droite, par la gauche, par le milieu. Faites-leur croire qu'ils vous tiennent entre leurs griffes.

Il ricana comme un renard en embuscade devant le poulailler et leva une main, pour que je l'écoute attentivement.

— Maintenant, vous les dépossédez du ballon et vous contre-attaquez en envoyant en avant deux de vos joueurs les plus rapides, pendant que les autres marquent les Blancs. Peu importe comment ! Une petite vacherie ne peut pas nuire ! Un malencontreux croc-en-jambe, par exemple. À ce moment-là, vous en serez peut-être déjà à 2-0. Si vous arrivez jusque-là, vous avez gagné.

Sosovele s'était subitement animé et je trouvais ses propositions géniales. Mais juste après, ce fut la douche froide.

– Seulement, avant que ton équipe ait pigé cette tactique, les autres mèneront déjà 2 à 0. Désolé ! Ce qui vous manque, c'est la discipline. On ne peut pas bien jouer sans discipline. Vous n'êtes qu'une bande de paumés qui n'a même pas un entraîneur digne de ce nom.

Alors là, il y allait un peu fort ! Je n'allais pas me laisser marcher sur les pieds comme ça.

– Mister Sosovele, si ma mémoire est bonne, vous aviez l'intention de nous entraîner…

Mon ton était volontairement mordant et j'avais touché une corde sensible.

– C'est exact, jeune homme ! Mais ces deux dernières années, je n'ai pas eu le temps. Tu n'imagines pas tout ce qu'on a à faire, dès qu'on a un peu d'argent. Toutes les semaines je dois négocier avec les banques, étudier des offres pour de nouveaux investissements ou des rachats d'entreprises, acheter ou revendre des terrains. Sans parler de ces fichues actions qui montent et descendent tout le temps ! Il faut vraiment être dans le coup, tu comprends ? Et puis les avocats, les contrôles fiscaux, les factures et encore les factures. Je passe la moitié de ma journée à m'égosiller au téléphone. Ce n'est pas si simple que ça, d'être nanti, tu sais.

Je n'allais pas le plaindre, quand même. Mais je ne pouvais pas non plus lui en vouloir. Il nous avait donné les deux seuls ballons en cuir qui aient jamais existé à Bagamoyo. Nous ne les utilisions que dans les grandes occasions. Pour nos entraînements, nous avions fabriqué une balle avec des chutes de tissus. Et comme nous jouions généralement pieds nus, c'était plus agréable.

– Parlez-moi encore de notre tactique. Et de notre formation.

Je voulais absolument briser ce silence pesant ;

il pensait sûrement à son prochain investissement boursier.

— D'où viennent-ils, ces Blancs ?

— Comment ? D'Allemagne, d'après ce qu'on m'a dit.

— C'est grand l'Allemagne ! Je veux dire, de quelle ville ?

— Aucune idée. Qu'est-ce que ça peut faire ?

Il appela son employé de maison pour lui demander un autre verre pour lui.

— Et un Coca pour mon invité, Mister Nelson !

Il le dit vraiment comme ça. Ensuite, il répondit à ma question.

— C'est très important, mon garçon. Tu vois, s'il s'agit du club de Schalke, le match sera facile pour vous. Eux, s'ils n'ont pas leur public, ils sont mous, ils se traînent sur le terrain. Et ça m'étonnerait que les supporters de Schalke prennent l'avion et le car pour débarquer ici. Par contre, s'ils sont de Munich, c'est pas bon pour vous. Ils ont les meilleurs entraîneurs et leurs équipes junior touchent une prime à chaque victoire.

Ce sont des durs à cuire! Si c'est une équipe de Bochum, vous pouvez vous en faire de très bons amis. Ils sont solidaires, mais contre eux vous avez vos chances. Enfin bon, comme tu ne sais pas d'où ils viennent, on n'est pas plus avancés. Demain, quand ils entameront leur entraînement à Bagamoyo, tu devrais y envoyer un espion. Quand tu as plus d'informations, tu reviens me voir et on reparle de votre tactique. OK?

J'approuvai d'un signe de tête.

— Ils logent au Travellers Lodge. Je connais la patronne, Helen. Elle achète des seiches à Yakobo. Je peux entrer dans l'hôtel quand je veux.

J'étais très ami avec Helen. Parfois je me disais : dommage qu'elle soit si vieille. Au moins trente ans. Avec elle, un garçon de onze ans n'a aucune chance. Je pensais souvent à des choses comme ça. Tu parlerais de ce genre de pensées à tes parents, toi? Moi non. Ma sœur Mandela, par contre, est tellement bavarde qu'elle raconte tout, y compris des trucs très personnels, même s'ils ne se passent que dans sa tête.

– Bon, alors, demain, à la même heure, Mister Nelson ! Tu as d'autres questions ?

– Pas pour l'instant. Merci pour tout, conclus-je timidement en lui tendant la main.

Il me raccompagna jusqu'à la rue et me regarda m'éloigner.

J'étais drôlement content qu'il se soit pris au jeu après son premier coup de sang. Peut-être arriverais-je finalement à le convaincre de nous entraîner pendant quelques heures. Et à lui demander prudemment son avis sur les amulettes dans les buts.

Entre-temps, la nuit était tombée et les lampadaires répandaient une lueur blafarde dans les rues. La menuiserie était encore ouverte et j'allai chercher le mètre.

Peu après, j'étais à quatre pattes sur le terrain. Heureusement que la lune brillait. À chaque mesure, je m'arrêtais pour faire mentalement l'addition. À un moment, je fus distrait par une meute de mangoustes qui passait près de moi en cavalant et je dus tout recommencer à zéro. Je jurai, tempêtai, regrettai d'être capitaine. Il me fallut bien une heure pour mesurer la longueur du terrain et la distance entre les deux buts. Après quoi je marquai encore avec de grosses pierres les endroits où planter les drapeaux de corner.

Une fois les quatre coins marqués, je regardai une dernière fois le terrain au clair de lune. Presque pas un brin d'herbe, tout était grillé par le soleil : il n'avait pas plu depuis des mois. Je me demandais comment on allait pouvoir tracer des lignes bien droites, comme j'en avais vu sur les terrains de foot à la télévision. Je me demandais comment les Blancs obtenaient un tracé aussi rectiligne. Pour les lignes droites, on peut leur faire confiance. En revanche, pour les choses un peu tordues, les Africains sont imbattables.

J'avoue qu'en général, je préfère les lignes sinueuses. Mais sur un terrain de football, c'est impensable.

Les pieuses recommandations du père Jonathan

Dès l'aube, je partis avec mon chariot. Je voulais être prêt le plus tôt possible pour avoir le temps, avant la première heure de classe, de mettre au courant tous les membres de l'équipe qui ne savaient encore rien du match international. La journée avait bien commencé : j'avais trouvé une tribu de vingt-cinq mangoustes dans le piège. Elles essayaient de passer à travers le grillage en poussant des glapissements terribles. C'est plutôt gentil, une mangouste, et elles me faisaient un peu pitié. Mais papa avait besoin de nourriture pour ses serpents. Je ne pouvais pas me laisser aller au sentimentalisme, surtout pas aujourd'hui. Dans les autres pièges aussi, il y avait de belles proies, si bien qu'au bout d'une heure j'étais de retour à la maison avec mon chariot.

Papa était content de mes prises, lui aussi. Ce qui m'épargna ses calottes et ses grandes claques dans le dos. Je restai avec lui le temps qu'il finisse sa cigarette, après quoi nous allâmes à la cuisine, prendre le petit déjeuner.

Maman et Mandela étaient déjà à table, ma sœur très pomponnée, comme d'habitude. Je pensais que sa coiffure et ses fanfreluches ne résisteraient pas à un match comme celui qui nous attendait, mais me gardai bien de le lui dire. Évidemment, papa et maman étaient au courant du grand événement : ma sœur leur avait déjà tout expliqué en long et en large. Mais maman voulait plus de détails. Je lui racontai un peu ma conversation avec Sosovele, histoire de dire quelque chose. Bien vite je me tus, trop préoccupé par tout ce que j'avais encore à faire. Mais maman posa une question qui me surprit à plus d'un titre.

— Les Blancs savent-ils qu'il y a des filles dans votre équipe ?

J'étais loin d'imaginer qu'elle avait déjà regardé un match de foot et pouvait penser à ce genre de choses. Mandela, Hanan et Hanifa jouaient chez nous depuis si longtemps que ce n'était plus du tout un sujet de discussion. Mais ma mère avait raison. Il fallait en parler avec nos adversaires. Il était impensable que Mandela et ses deux copines ne jouent pas. On avait absolument besoin d'elles en défense. De plus, à elles trois, elles seraient capables de faire un sacré chambardement dans Bagamoyo, si on les empêchait de participer.

Je rassurai ma mère en lui disant que la question était réglée. Mais au fond de moi, je me demandais si je ne devrais pas exceptionnellement sécher l'école et courir jusqu'au Travellers Lodge pour parler aux Allemands. Ils n'étaient peut-être pas encore arrivés. Et puis, il y avait notre institutrice, Sultana Shaibu. Elle était aveugle mais très sévère. La semaine précédente, trois élèves avaient quitté la classe sur la pointe des pieds, en plein milieu du cours. Elle s'en était aperçue en voulant interroger l'un d'eux. Comme il ne répondait pas, ça lui a mis la puce à l'oreille. Elle fit lever tous les élèves, un à un, les obligeant à énoncer leur nom à haute et intelligible voix. Aussi étonnant que cela puisse paraître, Mama Sultana avait mémorisé toutes les voix. Un élève répondit pour un des fugitifs, en l'imitant : c'était son camarade, il voulait le sauver. Mama Sultana s'en rendit compte tout de suite, et ça barda ; le complice et les trois fuyards reçurent dès le lendemain matin trois violents coups de bâton sur les doigts, dans la cour, devant tout le monde. Ce fut aussi douloureux qu'humiliant.

Voilà pourquoi je décidai de ne pas sécher le cours de Mama Sultana. Je n'avais aucune envie de recevoir des coups sur les doigts. Et au fond, Sultana était une institutrice formidable, tout le monde l'aimait bien.

Je voulais aller au Travellers Lodge juste après la classe, pour parler à Helen. Elle avait un cœur d'or et m'adorait. Peut-être pourrait-elle chercher à savoir quel genre de type était l'entraîneur des Blancs et mettre délicatement sur le tapis la question des « filles dans l'équipe ». Elle pourrait aussi lui demander d'où ils venaient. Comme ça, en passant, avec diplomatie. Ce serait moins direct.

J'étais tellement plongé dans mes pensées que je faillis oublier de dire au revoir à mes parents. Chose que papa ne laissa évidemment pas passer. À la fin de la dernière heure de classe je sentais encore sa tape amicale sur l'épaule.

Comme disait notre pasteur : « Les souffrances aussi font partie des expériences de la vie. » Je me serais bien passé de ces expériences-là.

En allant de l'école au Travellers Lodge, je rencontrai le père Jonathan, sur la route nouvellement goudronnée. C'est un prêtre installé depuis des lustres à Bagamoyo. Il fait partie du paysage et la mission est inimaginable sans lui. On le voit partout à tout instant, tout le monde le connaît et l'aime. « *Jambo*, mon père ! *Jambo*, mon père ! Comment ça va aujourd'hui, père

Jonathan ? » On entend cela de tous côtés quand il passe et que les femmes, assises sur le pas de leur porte, entourées de leurs enfants, nettoient les légumes. Chrétiens et Musulmans, tous le saluent avec respect. Et s'il lui arrive d'être un peu éméché, personne ne lui en tient rigueur.

Il y avait énormément d'Européens qui étaient tombés amoureux de notre ville. En Allemagne, il existait même une «Association des amis de Bagamoyo». Ils faisaient rénover à leurs frais des hôpitaux et des écoles. Mais ils n'avaient apparemment pas d'argent pour aménager notre club-house ou nous acheter des ballons de foot. Les ignorants ! Tu remarqueras que je ne perds pas de vue nos intérêts.

Bien que je sois luthérien, je saluai très gentiment le père Jonathan. Je ne suis pas sectaire. Normal : ma mère est musulmane, mon père luthérien. Mandela a hérité de la religion de ma mère, moi de celle de mon père. Comme ça, tout le monde est content et on n'a jamais eu de querelle à ce sujet.

— *Jambo*, père Jonathan !

– Dieu soit avec toi, mon fils du Sukumaland ! L'école est déjà finie ?

Le père Jonathan savait parfaitement de quelle origine étaient les familles de Bagamoyo. Il connaissait tout le monde ; avec le père John Henschel et notre instituteur Kamata, il avait fait beaucoup de recherches sur l'époque de l'esclavage. Et sur des choses encore plus anciennes. Le père avait plaisir à nous expliquer, à nous, les enfants, d'où nous venions. Il était friand des vieilles histoires, mais moi, j'étais d'avis que les origines ne jouaient plus un rôle aussi important qu'autrefois. Nous bavardâmes encore de choses et d'autres quand, subitement, je me souvins que le père Jonathan était originaire d'Allemagne.

– Dites, mon père, est-ce que les garçons et les filles sont mélangés dans les équipes de foot allemandes ?

Il s'arrêta, gratta doucement sa barbe grise et me dévisagea.

– Le football a été inventé au XXe siècle en Angleterre... commença-t-il.

Je craignais qu'il se lance dans un exposé sur

l'histoire du foot. Avec lui, il fallait s'attendre à tout. Mais il se reprit tout de suite.

— Je ne suis pas sûr, je crois plutôt qu'en Allemagne et en Europe en général, il y a des équipes féminines. J'ai lu ça il n'y a pas longtemps dans un journal. Je voulais voir comment était classé le club de ma ville... Mais le journal datait de quelques semaines.

— Ça n'a pas dû beaucoup changer, dis-je, abandonnant tout espoir de voir mon problème résolu. Vous vous intéressez au foot, mon père ?

Il s'anima, tout à coup.

— Figure-toi que j'y jouais, quand j'étais jeune ! J'étais ailier droit, même au séminaire.

— Vous aviez le droit, quand vous étiez apprenti prêtre ? demandai-je.

Il rit si fort que sa barbe se mit à tressauter.

— L'évêque voulait nous l'interdire. Mais notre professeur était fanatique de foot. Il rédigea à l'intention de l'évêque une thèse théologique dans laquelle il tentait de démontrer le fondement chrétien du jeu de football. Il expliquait que les douze apôtres de Jésus, moins le traître

Judas, étaient les onze joueurs. Judas devait toujours jouer le rôle de l'arbitre, contre lequel tout le monde s'énervait. Sa punition éternelle était de ne jamais appartenir à aucune équipe, de ne jamais pouvoir ni perdre, ni gagner. Quelle existence affreuse !

Le père riait encore dans sa barbe, mais malgré toute ma bonne volonté, je n'avais pas compris ce qu'il y avait de drôle. Parfois, le père Jonathan racontait des choses que personne n'arrivait à suivre.

Nous continuâmes à bavarder tout en marchant vers la ville. Quand il en eut fini avec sa carrière de footballeur et les apôtres, je lui parlai de notre match international.

— Vous allez avoir du mal, dit-il d'un air navré. Le jeu des Allemands est beaucoup plus discipliné !

Même son de cloche qu'avec Hussein Sosovele.

— Vous n'auriez pas quelques astuces de jeu à nous suggérer ? demandai-je.

On ne sait jamais, les prêtres ont plus d'un tour dans leur sac.

— D'un point de vue professionnel, je prescrirais avant tout une bonne prière. Je prierai pour votre victoire, bien entendu. Cela va de soi ! Quant à vous, jouez comme vous pensez que vous devez jouer. La tactique ne peut pas s'apprendre en si peu de temps, mais vous avez d'autres avantages.

Quelques secondes de réflexion suivies d'un grand sourire.

— Africains contre Allemands — les radis noirs contre les vers de farine ! Les corneilles contre les mouettes !

Il rit encore à gorge déployée. Il trouvait ces comparaisons très drôles et n'y voyait rien de raciste.

— Si j'ai le temps et que personne ne vient me gâcher la journée avec un enterrement imprévu, je viendrai voir le match. C'est quand, le coup d'envoi ?

Je réfléchissais à ce qu'il avait voulu dire par « enterrement imprévu ». Y avait-il des enterrements qui ne l'étaient pas ?

— Après-demain. Dans l'après-midi, je suppose, mais je ne sais pas à quelle heure, répondis-je. J'enverrai un message à la mission. Ou bien vous verrez ça demain dans le journal.

Avant de nous séparer, puisque je devais bifurquer pour aller au Travellers Lodge, je lui demandai encore par politesse :

— Comment s'appelait votre équipe ?

— Hansa Rostock, me répondit-il avec des yeux rieurs.

Je répétai ce nom à voix basse. Nos noms de lieux, Kikoka ou Sumbawanga, sont quand même plus faciles à retenir.

Je notai :

• *informer le père Jonathan de l'heure du coup d'envoi*

La liste des choses qu'il me restait à faire ne cessait de s'allonger : j'en avais le vertige, quand j'y pensais. J'étais devenu une espèce de manager, comme il y en a dans tous les grands clubs.

Nos adversaires sont arrivés

L'autocar, dans la cour de l'hôtel, me sauta aux yeux. Sur la vitre arrière était collée une banderole en anglais : *Le foot nous unit !* En revanche, il n'y avait pas un seul Allemand en vue. Mon amie Helen, une Blanche d'Afrique du Sud, était à la réception, en train de discuter des menus avec le cuisinier. J'attendis dans un fauteuil du hall d'entrée qu'ils aient fini.

– Helen, j'espère que tu vas pouvoir m'aider, commençai-je.

Elle me caressa la tête, prit place à côté de moi et fit signe au serveur. Celui-ci m'apporta un jus de fruits frais. Chaque fois que je venais la voir, Helen me soignait aux petits oignons. Et j'avoue que ça me plaisait beaucoup.

— Que se passe-t-il, Maître Nelson ? me demanda-t-elle.

— Ces Allemands... on joue contre eux après-demain. Tu les as vus ? Ils sont comment ?

— Très gentils. Ils sont partis se baigner. Ils reviennent manger dans une heure, tu pourras leur parler.

— Je préfère leur parler plus tard. J'ai un tas de choses à faire et je ne peux pas revenir avant six heures. Mais tu pourrais peut-être me rendre un service... Ils ont sûrement un entraîneur, non ?

— Ça doit être celui qui a un tee-shirt rouge, des cheveux rouges, une barbe rouge et le nez rouge.

— Est-ce que tu pourrais lui annoncer avec ménagement que nous avons trois filles dans notre équipe ?

— Vous, vous avez des filles dans l'équipe... ? demanda-t-elle en traînant sur les mots, comme si c'était un scandale.

Je confirmai d'un signe de tête.

— Et les autres ne le savent pas encore ?

J'avais pourtant été clair.

— Tu peux lui parler ? Mais en prenant des gants, promis ? S'ils ne sont pas d'accord, on peut dire adieu à notre match.

Elle avait enfin compris mon problème et m'assura qu'elle allait faire de son mieux.

— Ce n'est pas interdit, lui assurai-je. Aucun règlement de football ne le précise, en tout cas. Donc, on peut le faire. C'est aussi l'avis de notre ministre des Sports ! On a vu ça avec lui.

— Aucun règlement de football ne stipule non plus qu'on a le droit de pisser ou de manger des bananes pendant un match, répliqua-t-elle en me lançant un clin d'œil. Pourtant j'ai vu ça, chez vous. Tu devrais demander au ministre ce qu'il en pense.

— Ça ne se produira plus, dis-je avec un rictus. Tu peux en être sûre. On ne va pas ridiculiser Bagamoyo.

— J'espère bien ! Je vais parler à l'entraîneur et lui dire que tu repasseras vers six heures. Au fait, à quel titre viens-tu, Nelson ?

— Capitaine de l'équipe, répondis-je d'un ton aussi léger et modeste que possible.

Je repliai ma liste, la glissai dans ma poche. Helen aurait pu se montrer un peu plus admirative, me dis-je en jetant un coup d'œil à la pendule, au-dessus de la réception.

— Au fait, sais-tu de quelle ville ils viennent, ces gens ?

— De la Ruhr. C'est une région où il y a plein d'usines. Et une grande ville qui réunit plusieurs villes. En tout cas, c'est bien plus grand que Bagamoyo.

Une ville formée de plusieurs villes : je n'avais jamais entendu une chose pareille. Et la *Ruhr*, quel drôle de nom !

Il était l'heure d'aller à l'entraînement. Helen me dit au revoir en m'embrassant sur les deux joues. C'était nouveau. Si ça se trouve, elle attendait depuis longtemps l'occasion d'embrasser un capitaine d'équipe.

Le meilleur terrain de toute l'Afrique de l'Est

Nos trois footballeuses avaient apporté une montagne de filets de pêche qu'elles s'apprêtaient à fixer aux cages de but avec des clous et du fil de fer. Je vis tout de suite que Mandela jouait à la chef, comme d'habitude, mais elle le faisait bien. Juchée comme un singe sur la barre transversale, des clous coincés entre les lèvres, elle fixait les filets à coups de marteau. Pour le moment, ça ne ressemblait pas à grand-chose, mais les trois filles avaient l'air de maîtriser la situation. Elles ne levèrent même pas les yeux à mon approche.

Derrière l'autre but, il y avait une charrette à bras remplie de sable blanc. Yakobo était couché exactement à l'endroit où j'avais posé une pierre marquant l'emplacement du drapeau de point de corner. À l'autre extrémité du terrain, je vis Omari, notre ailier gauche.

– Il faut que la ligne soit droite, cria-t-il. Où est-ce qu'on pourrait trouver une longue corde ? On la tendrait d'un bout à l'autre, comme un cordeau, pour avoir un repère.

– On n'a pas de corde, répondit Yakobo aussi fort. Tu restes là et on dit à Mirambo où il doit verser le sable. Ça devrait aller.

Sans un mot, Mirambo se mit en route avec la charrette à bras. Je vis qu'il avait apporté un arrosoir vert en plastique, sans la pomme. Il le remplissait de sable qu'il versait régulièrement par le bec. Mirambo avançait très lentement, les yeux rivés sur Omari. Comme s'il suivait un cordeau invisible. La ligne blanche en sable s'allongeait peu à peu, parfaitement droite. Mirambo n'avait peut-être pas la repartie facile, mais pour l'heure, il se débrouillait quand même pas mal. Quand sa ligne de touche fut achevée, Omari se coucha encore une fois par terre pour l'examiner d'un œil expert.

— Ils ne font pas plus droit que ça, en Europe ! s'exclama-t-il d'un air satisfait.

Ensuite, ils passèrent à la première ligne de la surface de réparation. Yakobo vint me trouver.

— Il va falloir fermer le terrain jusqu'au moment du match, Nelson ! Si le troupeau de vaches vient traîner par ici, c'est fichu.

— Je connais le paysan, dis-je en notant cela en tête de ma liste. Et ces casse-pieds de petits gamins, il faudra aussi qu'ils aillent jouer ailleurs. À partir de maintenant, c'est « accès interdit », ici !

Yakobo me regarda, incrédule.

— Tu veux mettre des pancartes ? C'est pas ça qui les arrêtera, estima-t-il. Ils s'en fichent complètement.

— Tu préfères monter la garde ici jour et nuit pour les chasser ?

— Je crois qu'il n'y a pas d'autre solution, soupira Yakobo d'un air las.

Il transpirait à grosses gouttes sous le soleil brûlant. Je me demandais si les Blancs allaient souffrir de la chaleur. Après le match en plein soleil, ils auraient sûrement l'air de petits cochons grillés. Tant pis pour eux, ce n'était pas notre problème.

J'avançai vers le milieu du terrain avec Yakobo. Un des buts venait d'être achevé : il était magnifique. Les trois filles avaient ramassé clous et marteaux et se dirigeaient vers l'autre cage. En jacassant à tout va, comme d'habitude.

C'est alors que je vis Nkwabi arriver vers nous d'un pas sautillant. Enfin, il avait un peu de temps à nous consacrer. Notre entraîneur regarda la cage drapée de filets avec un hochement de tête approbateur.

— Beau travail ! Quand tout sera fini, vous viendrez dans mon bureau. J'ai une surprise pour vous.

J'étais soulagé qu'il soit là, car j'avais oublié de demander à Sosovele quelle distance il devait y avoir entre la surface de réparation et la ligne médiane. En plus, je ne savais pas où il fallait placer le point de penalty. Nkwabi nous expliqua tout cela avant de retourner à grandes enjambées vers le centre culturel.

Je réfléchis un instant à tous les chiffres et à

toutes les mesures que notre entraîneur venait de nous donner. Même si nous avions Mirambo, notre génie du pas régulier, j'étais content d'être allé chercher le mètre en bois de Haji Omari Bashir, le menuisier.

Quand les filles en eurent terminé avec les filets, elles tracèrent le cercle central et les deux arcs de cercle attenants aux surfaces de réparation. Elles s'y prirent très habilement. Hanifa se plaça au milieu avec une ficelle et, à l'aide d'un petit bâton attaché à cette ficelle, les deux autres tracèrent le cercle dans la terre sèche, autour d'elle. Mirambo arriva aussitôt avec son arrosoir pour dessiner les lignes blanches. Personne à Bagamoyo n'avait jamais vu un pareil terrain de foot. Kassim Hojo, notre ailier droit, fut chargé de monter la garde. Aussi large que haut, bâti comme un baobab, il saurait faire fuir quiconque oserait poser le pied sur le terrain. Je lui promis de repasser plus tard.

Ensuite, ruisselant de sueur, je partis en courant, avec le reste de l'équipe, vers le centre culturel. En passant, nous jetâmes un coup d'œil à la scène installée en plein air, sous les arbres géants. Une dizaine de spectateurs étaient assis sur des chaises en plastique, devant un groupe de jeunes qui bougeaient au rythme de la musique. Un professeur de danse gesticulait. Des hommes en costumes avec des dossiers sous le bras allaient à vive allure d'un bâtiment à l'autre. Sur le toit du bâtiment en construction, des ouvriers martelaient à tout va, comme s'il ne restait qu'une heure avant l'ouverture du nouveau théâtre.

Nkwabi avait son bureau dans le bâtiment administratif. Il était en train d'essayer de régler un téléviseur. Qu'avait-il voulu dire par « surprise » ? Bientôt on vit sur l'écran des extraits de matchs de foot. Nkwabi tourna encore quelques boutons, jusqu'à obtenir des images nettes.

– Dernière coupe du monde de foot. Argentine/Allemagne. Quarts de finale. Regardez-le. Sur ce DVD, il y a trois grands matchs. Imprégnez-vous bien de toutes les astuces et de la tactique. Et après-demain vous jouerez exactement comme les équipes gagnantes. Avec ça, vous êtes parés.

Sur ce, il disparut. Notre merveilleux entraîneur avait une curieuse conception de la préparation d'un match.

Nous ne comprenions pas un traître mot des commentaires en anglais, mais le jeu n'en était pas moins passionnant. Jusqu'alors, nous n'avions jamais vu de séances de penaltys. Quand le gardien de but allemand arrêta le deuxième tir au but des Argentins, Yakobo murmura simplement :

– Peuh ! Moi, j'aurais fait ça les doigts dans le nez !

J'espérais qu'on n'en arriverait pas là. Les Blancs étaient des joueurs chevronnés. Il ne fallait pas prendre ce match international à la légère.

Négocier avec « psychologie »

Je n'avais pas le temps de regarder les deux autres matchs, car il était presque six heures, l'heure d'aller au Travellers Lodge pour discuter avec l'équipe adverse. Je demandai à Mirambo de m'accompagner.

– Avant d'entrer dans l'hôtel, tu enlèveras ton tee-shirt, d'accord ?

Il comprit tout de suite et sourit. Sa taille de géant et son torse musclé ne manqueraient pas d'impressionner les Allemands. Sosovele avait parlé de psychologie. Ce genre de stratagème en faisait-il partie ?

Au moment où Mirambo et moi quittions le bureau de Nkwabi, Mandela se leva elle aussi.

— Je viens avec vous !

Je n'allais pas m'y opposer. Après tout, elle pouvait nous être utile. Belle et sûre d'elle comme Mandela était, elle avait des chances de tourner la tête à un ou plusieurs de nos adversaires.

Helen nous conduisit jusqu'aux Allemands qui étaient assis à l'ombre, dans le jardin de l'hôtel, anéantis par la chaleur. Et on commença à négocier, comme de vrais pros.

Pendant toute la conversation, Mirambo resta assis derrière moi, légèrement en biais. Chaque fois que je me retournais, il faisait étinceler ses yeux, découvrait ses grandes dents blanches et jetait à la ronde des regards féroces. Accroupie près de moi, dans l'herbe, Mandela affichait son sourire charmeur. Au début, elle ne disait pas grand-chose mais suivait attentivement ma discussion avec l'entraîneur. Apparemment, la plupart des joueurs allemands ne comprenaient pas l'anglais. Ils étaient quinze ou seize, assis autour de nous de façon très décontractée. Je comprenais très bien l'entraîneur, Mister Willi

Afenwedde. Voyant que j'avais du mal à prononcer son nom de famille, il me dit :

– Appelle-moi Willi ! Qui est votre entraîneur ?

– On en a deux : Nkwabi et Hussein Sosovele, affirmai-je, pensant qu'il avait peut-être entendu parler de Sosovele.

Le visage déjà rouge de Willi devint cramoisi.
– Quoi ? C'est Sosovele qui vous entraîne ? Alors on a intérêt à compter nos abattis !

Que voulait-il dire par là ? Mystère. Je ne voyais pas le rapport entre des pattes de poulet et un match de foot. Mais bon. Je sortis de la poche de mon pantalon la feuille que j'avais arrachée à mon cahier d'anglais. J'y avais inscrit les noms de nos joueurs et des remplaçants. En échange, il me donna sa liste de noms. Puis vint le moment d'annoncer la composition des équipes.

J'avais noté Saïd, même si je ne savais pas encore comment on trouverait des gens pour nettoyer les poissons à sa place. Mais ça, c'était un problème qui ne regardait pas nos adversaires.

– Chez nous, il y a trois filles dans la ligne de

défense, annonçai-je d'un air aussi naturel que possible, en lui montrant les trois noms.

Willi ne broncha pas, comme si cela allait de soi. Sans doute Helen l'avait-elle mis au courant. Certains des remplaçants que j'avais cités ne savaient encore rien du match, mais je me gardais bien de le dire. Tout le monde n'avait pas le téléphone, comme nous dans le terrarium, et tout le monde n'avait pas un père directeur de zoo.

— C'est courant, chez nous, que les filles jouent, lança Mandela en regardant autour d'elle d'un air de défi.

— Mais bien sûr! dit Willi en regardant de nouveau sa liste. Et le déroulement du match? En cas de match nul, on joue les prolongations et ensuite les tirs au but?

— Nous n'irons certainement pas jusque-là. (Je m'efforçai de rire très fort, comme si j'étais sûr de notre victoire.) Mais c'est d'accord. Le terrain sera disponible dès demain. Si vous voulez encore vous entraîner...

Il secoua la tête.

— On peut s'entraîner ici, sur la pelouse de l'hôtel, sans avoir peur des espions. L'hôtel est bien gardé.

Il montra de son index un des vigiles noirs debout près de la haie d'épineux, sous les palmiers, son arme à la main.

— Vous ne voyez pas d'inconvénient à ce que nous n'ayons que des joueurs masculins ? Il n'y a aucune fille dans notre équipe.

— Pas de problème, répliquai-je magnanime, comme si je leur accordais une faveur. J'ai encore une question : pouvons-nous décider que tout le monde jouera en baskets ? C'est ce qui convient le mieux sur notre terrain.

Il n'était pas question de lui dire qu'aucun d'entre nous n'avait de vraies chaussures de foot.

— Entendu. Si vous avez l'habitude... Et qui sera l'arbitre ?

— Tu pourrais le faire, Willi ? Nous avons entièrement confiance dans ton impartialité.

Visiblement, il ne remarqua pas mon embarras. Je lui avais proposé cela parce qu'il n'y avait pas une seule personne, dans tout Bagamoyo, qui connaisse parfaitement les règles du football – à part Hussein Sosovele. De plus, j'avais l'air de faire ainsi une autre concession.

– Bien volontiers, répondit Willi. Et tu veux qu'on apporte les ballons ?

J'acquiesçai avec condescendance. Ça nous permettrait de ménager les deux ballons déjà bien amochés que Sosovele nous avait offerts.

– Et les juges de ligne ? ajouta-t-il en me dévisageant d'un air interrogateur.

– Ça, c'est réglé. Sosovele et Nkwabi, nos entraîneurs, s'en chargent.

J'avais proposé ça spontanément, sans en avoir encore parlé aux intéressés.

– Formidable, estima Willi.

À ce moment arriva une tournée de jus de mangue frais pour tout le monde, apportée par Helen en personne. Quand elle nous distribua les verres, elle posa la main sur mon épaule. Ça me plut, et il me sembla voir une lueur d'envie dans les yeux des joueurs allemands.

Willi nous les présenta. Ils avaient tous la peau blanche et les cheveux blonds sauf deux qui étaient bruns ; l'un avait les cheveux très longs, l'autre presque la boule à zéro. Un de leurs joueurs était aussi noir que nous et les autres avaient l'air de le considérer comme quelqu'un d'important. Sa couleur de peau me plongea de nouveau dans l'embarras. L'Allemand noir, qui s'appelait Otto, dévisageait notre ami Mirambo avec curiosité et admiration. Willi observait lui aussi notre joueur de pointe.

– Quel âge a-t-il, ce camarade sportif ? demanda-t-il avec un sourire.

Tous les regards se tournèrent vers Mirambo.

– Douze ans, répondis-je pour Mirambo qui ne comprenait pas l'anglais. Il peut apporter son passeport, si vous voulez. C'est un Wakerewe. C'est comme ça qu'on appelle les gens originaires de l'île d'Ukewere. Ils sont tous aussi grands.

– Chez nous, les Frisons et les Westphaliens dépassent aussi tout le monde d'une tête, me rassura Willi.

Puis il dit quelque chose en allemand à ses joueurs qui éclatèrent de rire. C'était la première fois que j'entendais parler des Frisons et des Westphaliens.

Tout en savourant l'honneur d'être le centre d'attraction, Mirambo jetait à la ronde des regards sombres. Il avait l'air de s'y connaître en psychologie. Ce qui lui échappait, c'était le problème qui me préoccupait à présent, dans cette phase des négociations : comme je voulais éviter d'avouer aux Allemands que nous n'avions pas de maillots de club, j'avais pensé suggérer que l'arbitre pourrait distinguer les équipes d'après leur couleur de peau. Mon plan foirait à cause d'Otto. Mais apparemment, Willi avait deviné mon souci.

– Nous avons apporté plein de maillots de différentes couleurs que nous comptions laisser ici. Nous jouerons aux couleurs de l'Allemagne, noir et blanc, puisqu'il s'agit d'un match international. Si vous voulez, vous pouvez vous choisir des maillots, peut-être vert-bleu-noir-jaune ?

Il avait dit cela sans sourciller. Il ne fallait pas sous-estimer ce Willi : un type intelligent et certainement un excellent entraîneur. Il venait en tout cas de m'enlever une belle épine du pied.

Mais nous n'étions pas encore au bout de notre conversation. Willi promena son regard à la ronde et le posa enfin sur moi.

— Votre président, Monsieur Maeda Haji, est passé cet après-midi. Il m'a demandé de dire une prière avec tout le monde, après le match.

Je tombais des nues. Je ne savais même pas que Mister Maeda était déjà au courant de ce match. Personnellement, je ne voyais pas d'objection à cette prière d'après match. Mais les Européens ne sont pas habitués à ça. Bien sûr, il leur arrive de faire le signe de croix quand ils courent sur le terrain ou viennent de marquer un but, mais ça s'arrête là. J'attendis de voir ce qu'en disait Willi.

— Bien des choses sont nouvelles pour nous, ici, Nelson, expliqua-t-il. Le fait qu'il y ait des filles dans votre équipe, par exemple, et l'histoire de la prière après le match. Mais nous ne sommes pas venus en Afrique pour critiquer les coutumes locales. Nous sommes venus pour apprendre. Donc, c'est d'accord pour tout. J'ai expliqué à Monsieur Maeda que nous n'avions pas tous la même religion et que certains d'entre nous étaient athées. Il a ri et m'a dit : « C'est pareil, chez nous ! Ne vous en faites pas. » Donc ce point-là aussi est éclairci. Qu'est-ce qu'il nous reste à voir ?

– Si tu ne connais pas de prière, je peux t'envoyer le père Jonathan, proposai-je. Il t'en trouvera une en un tour de main.

Willi sourit :

– Merci ! Je devrais m'en sortir. On commence à quelle heure ? Monsieur Maeda a proposé seize heures. Il fera moins chaud.

– Et s'il se met à pleuvoir ?

– On continue à jouer !

– Tu as déjà assisté à une averse, ici ? laissai-je échapper.

– S'il pleut trop fort, on fera une pause, répliqua-t-il tranquillement, et on se mettra à l'abri dans le local du club. Aucune importance.

Je me tus. S'il avait vu les quatre murs nus ! On ne pouvait pas vraiment appeler ça un local

au sens où il l'entendait. Il faudrait peut-être installer une bâche sur les quatre murs effrités et couper les arbustes. Mais on ne peut pas résoudre tous les problèmes à la fois. Et la saison des pluies ne commençait que dans trois semaines.

Mandela ne manqua pas de faire la bise à chaque joueur pour leur dire au revoir. Elle aussi, elle s'y connaît en psychologie, me dis-je tout content. J'étais très fier de ma sœur aînée.

Willi nous accompagna jusqu'à leur autocar. Il ouvrit une des soutes à bagages et en sortit une malle pleine de shorts, de chemises et de chaussettes. Tous lavés et repassés. Effectivement, il y avait là suffisamment de maillots aux couleurs de notre pays. Ayant pris tout ce dont nous avions besoin, nous partîmes.

Nous avions pas mal avancé, mais il restait beaucoup à faire.

La presse est alertée

Nous étions de retour dans le bureau de Nkwabi. Il était assis à son bureau avec, en face de lui, un homme équipé d'un micro, d'un bloc-notes et d'un appareil photo. Je supposais qu'il s'agissait de la presse. Je supposais bien.

— Ils vont sortir leur article demain, pour que la population soit au courant.

Nkwabi se tourna vers le reporter et me présenta :

— Voici Nelson, le capitaine. Si vous voulez lui poser quelques questions…

Je n'avais encore jamais parlé à un journaliste mais je réussis à cacher mon trouble.

— Quelle tactique comptez-vous employer, Mister Nelson ?

Il me tendit le micro.

– Celle du 4-3-3. Il faut qu'on joue vers l'avant, bredouillai-je.

Mandela vint à la rescousse. Elle m'arracha le micro et déclara :

– Évidemment, on va jouer offensif pour gagner. Ce n'est pas dans nos habitudes de jouer en contre. On a un jeu dur mais loyal, et nos adversaires le verront.

Le journaliste, enchanté, cherchait déjà son appareil photo. Mais pas pour me prendre moi.

– Mandela, d'après toi, quelles sont les chances de l'équipe européenne ?

– On est plus rapides, plus mobiles, on a une configuration tactique parfaite. Si vous voulez savoir quelles sont les chances de nos adversaires, je vous le dis clairement : elles sont nulles !

L'homme prit quelques photos de Mandela, récupéra son micro et remballa son matériel.

– C'est une superbe conclusion. Non seulement nous allons la publier, mais elle passera aussi à la radio ! À une heure de grande écoute ! Je vous remercie. *Kwa heri !*

En un éclair il avait disparu. Il paraît que les journalistes sont toujours pressés.

Je dévisageai Mandela d'un air effaré. Elle sut tout de suite pourquoi.

— Évidemment qu'on va gagner. Il ne faut jamais montrer qu'on doute, tu comprends ? Sinon les gens prennent ça pour de la faiblesse. Si on la joue modeste avant le match, on n'aura jamais un stade plein !

Le journaliste parti, nous restâmes un instant assis, Mandela, Mirambo et moi, dans le bureau de Nkwabi.

— Mes amis, ce match va faire l'effet d'une bombe ! Ce sera le plus grand événement sportif de toute l'histoire de notre ville, dit-il, surexcité. Nelson, veille à ce que tout le monde soit à l'entraînement, demain. Sosovele va certainement prendre ça en main, moi je n'ai pas le temps, malheureusement. Une journée d'entraînement devra suffire. On va y arriver, non ?

Après avoir échangé un regard, Mandela et moi le rassurâmes avec conviction :

— Mais bien sûr !

Entre-temps j'avais pensé au troupeau de vaches, mais pour l'oublier aussitôt. Ce qui s'avérerait par la suite une grave erreur. Je me suis levé, car il fallait que je retourne chez Mister Sosovele. Et puis j'avais promis à Kassim de passer le voir plus tard, sur le terrain de foot. Il attendait sûrement la relève.

C'est alors que la porte s'ouvrit. Entra Hussein Sosovele, vêtu cette fois d'un pantalon long couleur crème avec un pli impeccable et d'une veste rouge sans rien dessous. Il était magnifique — et il le savait.

— Écoutez-moi, les enfants ! Demain, on ne peut pas laisser ces Blancs se morfondre à leur hôtel. Il faut leur proposer quelque chose. Une visite guidée de la ville ou quelque chose comme ça. Qu'est-ce que vous en dites ?

Il regarda à la ronde.

— Mais il faut qu'on s'entraîne, quand même ! m'exclamai-je, agacé.

— Une journée, de toute façon, ça ne sert pas à grand-chose, répondit-il, laconique. Ce n'est pas demain que vous apprendrez ce que vous ne savez pas aujourd'hui. L'hospitalité, c'est plus important. On est ici en Afrique, tout de même, et nous sommes les ambassadeurs de notre pays.

Je m'avouai vaincu et Nkwabi acquiesça en silence. Il est vrai que ces Allemands venaient pour la première fois à Bagamoyo, où il y avait quantité de monuments intéressants à visiter absolument. Mais ce que l'on ne voyait pas au premier coup d'œil était encore plus passionnant: l'histoire des chercheurs et des marchands d'esclaves, les diverses origines culturelles des hommes, etc.

— Nos hôtes te connaissent, Hussein, intervint Nkwabi. Tu te charges de les guider?

— Moi, je ferais bien de vérifier le cours de mes actions en bourse. Il se passe tellement de choses en ce moment sur les places financières internationales! Je n'ose même pas y penser. Mais bon, après tout, il n'y a pas que l'argent, dans la vie. J'irai chercher les Blancs à dix heures et je les promènerai un peu dans Bagamoyo. La Boma, une visite au maire, ensuite le musée de la mission, le cimetière des soldats allemands, les vieilles portes, etc. On finira par un verre au Livingstone Club. Et ça suffira.

– Tu veux emmener un instituteur avec toi, ou Nelson ? Il connaît pas mal de choses.

J'étais assez fier de me voir confier cette mission. Sosovele me jeta un regard scrutateur.

– Mister Nelson est notre homme. Rendez-vous vers dix heures devant le Travellers Lodge.

– Mais j'ai encore cours, à cette heure-là, objectai-je.

Il leva les yeux au ciel.

– Ne t'en fais pas pour ça, je m'en occupe. Qui est ton instituteur ?

– Mama Sultana Shaibu.

Plus j'y pensais, plus je sentais que je n'étais pas à la hauteur de cette tâche. Aussi proposai-je à Sosovele :

– Allez-y plutôt avec le père Henschel ou le père Jonathan. Ils s'y connaissent mieux que moi. Et ils parlent allemand, tous les deux. En plus, le père Jonathan est très calé en foot, ajoutai-je pour achever de le convaincre.

Sosovele fut d'accord. Il ne restait qu'une question à régler.

— Mister Sosovele, les Blancs viennent de la région de la Ruhr. À quoi faut-il s'attendre ?

— Ils sont spéciaux, ceux de la Ruhr. Ils jouent toujours en haut du classement. Mais contre Dortmund, j'ai marqué quatre fois en trois matchs, et contre Bochum j'ai inscrit le but de la victoire. C'était quand, déjà ?

Il marmonna dans sa barbe.

Tout ça était très intéressant, mais je voulais en savoir plus.

— Et psychologiquement, ils sont comment ?

— Influençables. Très dépendants de leur forme du jour, mais ils peuvent se laisser surprendre. Alors, comme on a dit : faites-les courir dans la première demi-heure et ils seront rétamés.

À vrai dire, tout cela ne m'avançait pas tellement. J'empruntai une lampe de poche à Nkwabi et sortis du bureau. Kassim m'aurait-il attendu ?

Kassim se fait du souci

Il faisait nuit noire, dehors. Les réverbères ne jetaient qu'une lumière blafarde sur un côté du terrain de foot. Je ne voyais pas Kassim. En avançant lentement jusque vers le milieu du terrain, je l'aperçus, assis par terre, tassé sur lui-même. Quand la lampe torche s'alluma, il baissa la tête. Mais j'avais eu le temps de remarquer que son visage était trempé de larmes. J'eus très peur : pour qu'un gars comme Kassim pleure, il fallait qu'il soit arrivé quelque chose de grave.

– Qu'est-ce qui se passe, mon frère ?

Je m'accroupis près de lui, dans la poussière, et attendis patiemment. Il ne faut pas mettre sous pression quelqu'un qui est déjà dans tous ses états.

– C'est à cause du match ? demandai-je doucement.

Il renifla et sortit un mouchoir de la poche de son pantalon. Ses larges épaules tressautaient encore. Je posai la lampe par terre, mes yeux s'étaient progressivement habitués à l'obscurité.

– Pourquoi... pourquoi Yakobo... ne peut pas... ne peut pas le prendre... comme associé ? hoqueta-t-il.

Je réfléchis à ce qu'il pouvait bien vouloir dire, mais je ne voyais pas.

– Qui devrait-il prendre comme associé ? demandai-je prudemment.

Et j'attendis. Alors il me lança avec fureur :

– Saïd ! Qui veux-tu que ce soit ? Il est dans la mouise ! Il ne va même plus à l'école !

Je me tus. Dans notre équipe, il n'y en avait pas un seul qui soit dans une situation vraiment brillante. La majorité d'entre nous avaient du mal à se procurer des cahiers et des crayons pour l'école et dormaient par terre dans un coin de leur maison. Mais c'était particulièrement dur pour Saïd, avec son père malade et ses cinq frères et sœurs. Je n'aurais jamais imaginé que ce grand gaillard de Kassim se faisait du souci pour lui.

– Et tu penses qu'on devrait en parler à Yakobo ?

– C'est p't-être pas une bonne idée. Mais p't-être que si, après tout.

J'éteignis la lampe. Nous n'avions pas besoin de lumière pour discuter. Le visage de Kassim exprimait un désespoir que je n'avais jamais vu chez personne. De nouveau ses épaules furent secouées par ses sanglots contenus.

J'étais à la fois honteux et désemparé. Moi, je ne m'étais soucié que d'une chose : faire en sorte que Saïd puisse se libérer le jour du match. Kassim voyait bien plus loin. Il s'essuya le visage avec son mouchoir, prit la lampe, la ralluma et fit danser le rai de lumière en tous sens, sur le terrain. Il semblait de nouveau plongé dans ses réflexions.

– Mais tu crois que ça lui suffirait pour vivre de pêcher quelques seiches par jour ? demandai-je à mon camarade.

En même temps, je me posais la question à moi-même.

— Tu as une autre idée, Mister Nelson ? Je vais te dire : moi, ça me tue quand je le vois assis là, sur la plage, devant une tonne de poissons à préparer. Scratch, scratch, scratch, à longueur de journée. Tu as vu la tête qu'il a ? On dirait un zombie. Tu parles d'une vie de merde !

Quelque part, ça me plaisait qu'un garçon aussi balourd puisse éprouver une telle compassion. J'étais assez déconcerté, mes pensées se bousculaient dans ma tête. Et tout à coup, j'eus une idée.

— Je vais en parler à mon père. Il a peut-être besoin de quelqu'un pour faire visiter le terrarium ou aller chercher des crapauds dans le marais. À condition qu'il ait les moyens de payer correctement Saïd. Et puis, il ne faut pas que ça lui prenne trop de temps, pour qu'il puisse quand même aller à l'école. Sinon, c'est pas la bonne solution.

— Ça marche bien, votre business ? demanda Kassim, devenu plus calme.

Il avait reposé la lampe torche par terre. Dans le rayon lumineux, on voyait quelques fourmis crapahuter avec difficulté entre les brins d'herbe sèche, comme des fêtards qui reviennent de bringue. Elles non plus ne savent pas ce qu'elles trouveront au bout du voyage, pensai-je. Et ça ne me remonta pas le moral.

— Aucune idée. Mais mon père a déjà acheté à ma mère la bicyclette qu'il lui avait promise. C'est bon signe, parce que ça coûte cher.

— Une bicyclette chinoise ? demanda Kassim.

Il s'était levé et me regardait, les yeux brillants d'envie.

— Une d'occasion. Française. Une Peugeot. Le super truc.

— Tu as le droit de t'en servir, Mister Nelson ?

— Je ne lui ai pas encore demandé. Il faut la laisser en profiter d'abord.

— Une bicyclette, ça doit pas être mal. Tu en as une, toi ?

— Non, mais un jour peut-être... On ne sait jamais.

— Si j'avais de l'argent, c'est ce que je m'achèterais en premier, une bicyclette.

— C'est pas rien, une bicyclette. Et où trouverais-tu l'argent ?

Il garda longtemps le silence, tout en piquetant le sol avec un petit bout de bois. Soudain, il s'arrêta et lança d'un ton ferme :

— Pour l'instant, le plus urgent, c'est Saïd. Tu peux en parler à ton vieux, demain ?

— Promis !

— En échange, je reste ici, je monte la garde sur le terrain aussi longtemps que tu voudras. OK ?

Nous nous levâmes tous les deux pour échanger le salut à l'africaine, poing contre poing. Kassim sourit.

— Bonne nuit, Mister Nelson.

— Toi aussi, Mister Kassim.

— Tu n'as pas peur des fantômes ? lui demandai-je.

— C'est eux qui ont peur de moi, répondit Kassim en riant.

Il m'accompagna jusqu'aux réverbères et s'arrêta là. Cent mètres plus loin, je me retournai : il n'avait pas bougé. Je me sentais tout chose en repensant à notre conversation. J'avais déjà un peu mauvaise conscience. C'était moi, en tant que capitaine de l'équipe, qui aurais dû me faire du souci pour Saïd. Ou bien un des instituteurs ? Mais ils gagnaient tellement peu d'argent, eux aussi, qu'ils ne pouvaient pas le soutenir financièrement.

Il y avait trop de gens dans le besoin, chez nous.

Mon père avait failli aller à l'école

Le lendemain matin, plus tôt que d'habitude, vers sept heures et demie, j'entrai dans la cour avec mon chariot brinquebalant et le garai devant la remise de papa. Il sortit de la cuisine et fit le tour du puits pour voir ce que je rapportais. Rien qu'à entendre le vacarme, sous la bâche, il comprit que j'en avais attrapé plein. Ça tombait à pic, car il fallait que mon père soit de bonne humeur pour que je puisse lui exposer mon problème.

Satisfait, il alluma une cigarette et jeta un coup d'œil sous la bâche.

– Formidable ! Une cargaison de crapauds, enfin ! s'exclama-t-il, en essayant de me donner une grande claque dans le dos.

Je réussis à l'esquiver, juste à temps. Je n'étais

pas un colosse comme Kassim, pour qui une claque de papa aurait été une simple chiquenaude.

— Papa, j'ai un problème, dis-je, tout en balayant les quelques feuilles de palmier séchées qui traînaient dans la cour, pour faire du zèle.

— Vas-y, Nelson, mon fils !

— Demain, on a le grand match international, commençai-je. Vous viendrez, maman et toi ?

— Bien sûr. On fermera la boutique demain, vers midi. De toute façon, il n'y aura personne, avec le match. Tu as vu la photo de Mandela en première page du journal ? J'en ai tout de suite acheté trois exemplaires que je vais garder pour mes petits-enfants. Tu peux compter sur nous. J'espère que tu marqueras un but !

— Je ferai de mon mieux, dis-je avec modestie.

— Et quel est ton problème, Mister Nelson ? Tes baskets neuves ?

— Non, ça, ça peut attendre. Il s'agit de Saïd, notre meilleur joueur. Il ne pourra jouer que si on trouve quelqu'un pour faire son travail à sa place pendant quelques heures. Il vide et écaille du poisson sur la plage.

— Tu veux que je le remplace ? proposa papa le plus calmement du monde. Je sais apprêter le poisson. J'ai fait ça des semaines entières, quand j'étais gosse.

— Il ne s'agit pas de ça, papa. Je voulais te demander autre chose : Saïd est dans une mauvaise passe. Il faudrait qu'il trouve un meilleur travail, tout en continuant d'aller à l'école. Son père est malade.

Nous gardâmes tous deux le silence. Papa sortit son paquet de cigarettes de sa poche pour en fumer une autre.

— Il s'appelle Saïd comment ?

— Saïd Saleh.

— C'est le fils de Mustapha Saleh Haji ? Qui habite dans le petit lotissement, derrière la Boma ? Près d'Indian Road ?

— Exactement.

— Mmm, je connais bien Mustapha. On a failli aller à l'école ensemble.

— Comment ça ? À quelle école ?

— Probablement à l'école Sewa-Haji : elle s'appelait encore comme ça, quand j'étais jeune.

Mais ça ne s'est pas fait, parce que j'ai commencé à travailler à l'hôtel.

— Qu'est-ce que tu faisais, là-bas ?

— J'aurais bien voulu devenir cuisinier. Mais ils n'ont pas accepté. Alors je suis devenu un genre d'homme à tout faire, parce que j'étais assez habile de mes mains.

— Et c'est quelqu'un d'autre qui est devenu cuisinier à ta place ? demandai-je, bien que j'aie déjà entendu cette histoire des centaines de fois.

Comme il avait presque fini sa cigarette, il fallait que je le ramène assez vite sur le sujet qui m'intéressait.

— En cuisine, ils ont pris Leonard Kapinga comme apprenti. Il était plus petit et moins costaud que moi. Mais ses références étaient meilleures, c'est ce qu'ils m'ont signifié.

Je m'étonne du langage choisi que papa utilise parfois. Il a dû apprendre beaucoup d'expressions à l'hôtel, à l'époque, ou bien avec maman.

— Qu'est-ce qu'on peut faire pour Saïd Saleh, alors ? Tu as une idée ? lui demandai-je.

— Je vais aller voir Mustapha.

Papa tira une dernière bouffée et écrasa son mégot dans une boîte en fer rouillée qu'il cacha dans les buissons pour que maman ne risque pas de tomber dessus. Il n'en dit pas plus et me précéda dans la cuisine. Là, il engagea une conversation avec maman à propos de ses nouvelles vipères heurtantes, et je me dis : il a déjà oublié Saïd.

Mais même au sujet de son père, on peut se tromper.

Dernier entraînement avec Sosovele

L'après-midi, Hussein Sosovele arriva effectivement sur le terrain de foot à trois heures précises, en survêtement. Il examina d'un air approbateur les filets des buts et le marquage au sol. Debout devant la ruine qui allait devenir un jour notre club-house, nous attendions la suite des événements. Tout le monde était là, même les trois remplaçants que j'avais réussi à trouver après l'école. Seul Saïd n'était pas arrivé.

— Si on s'entraîne ici, on va esquinter le marquage, constata Sosovele.

Zut, je n'avais pas pensé à ça ! Il fallait qu'on ait un terrain irréprochable pour le match du lendemain. Sinon ça aurait servi à quoi que Kassim monte la garde toute la nuit ? D'ailleurs, à le voir, on n'aurait jamais pensé qu'il avait passé la nuit à la belle étoile.

— C'est marée basse à cette heure-ci : on aura assez de place sur la plage et le sable est bien dur. On va là-bas, décida Sosovele.

J'étais soulagé qu'il prenne les choses ainsi. Il y avait peut-être cent mètres à parcourir jusqu'à la plage et, l'après-midi, elle était peu fréquentée. En tant que capitaine de l'équipe, je marchais en tête avec Sosovele et je lui demandai comment s'était passée la balade touristique avec les Blancs.

— Le père Henschel et le père Jonathan se sont débrouillés tout seuls. Ils étaient ravis de le faire et comme ça j'ai pu retourner passer mes coups de téléphone. Tu ne peux pas t'imaginer l'effervescence qu'il y a en ce moment à la bourse de Tokyo et de Londres !

Heureusement nous arrivions à la plage, et je n'eus pas à écouter les résultats boursiers qui, franchement, ne m'intéressaient pas le moins du monde.

Sosovele nous fit mettre deux par deux et tracer quelques lignes dans le sable. Je me demandais ce qu'on allait faire. Certainement pas un match d'entraînement!

Sosovele commença par l'exercice: *Lober le défenseur dans l'élan de la course.*

— Les Européens sont techniquement bien meilleurs que vous dans les duels. Alors évitez autant que possible de dribbler un adversaire direct.

Lober le défenseur: on l'avait fait quelquefois, mais tout à fait par hasard. J'aimais bien cet exercice. Sosovele nous montra comment dribbler quand on veut effectuer un petit lob par-dessus l'adversaire pour le passer. Au bout d'une demi-heure, nouvel exercice: *La balle au pied, le regard au loin.* Pas si facile que ça. Sosovele donnait des conseils aux joueurs qui couraient deux par deux en poussant le ballon.

— Vous devez avoir l'impression que le ballon fait partie de votre pied. Il ne faut pas penser au ballon mais le sentir. Ça vous permet de regarder tranquillement autour de vous, pour voir à qui vous pouvez faire une passe.

Exercice suivant : *Feinter l'adversaire*. Sosovele se planta devant nous et s'expliqua :

— Ça consiste à faire exactement ce à quoi l'adversaire ne s'attend pas. Il réfléchit en même temps que vous et repère un attaquant de votre équipe qui n'est pas marqué. À ce moment-là, feinte de corps : vous faites mine de faire une passe au joueur en question, mais vous tirez dans une autre direction. Et vous avez complètement ouvert le jeu.

Toute l'équipe s'exerça à la feinte de corps pendant un quart d'heure, avec et sans ballon. Nous étions en nage. Mais notre entraîneur n'avait pas fini. Pourtant le soleil disparaissait déjà derrière les arbres : dans moins d'une demi-heure, il ferait nuit.

— Vous pouvez aussi surprendre l'adversaire autrement : vous vous arrêtez net en pleine course et vous stoppez le ballon en posant le pied dessus. Comme si vous n'aviez plus envie de jouer. Ça désarçonne les autres et ça permet de faire une petite pause. Pendant ce temps-là, du coin de l'œil, vous repérez un espace libre et vous vous y précipitez. Entre-temps, vos coéquipiers qui connaissent la ruse se sont positionnés. Et celui qui n'arrive pas à profiter du trouble de l'adversaire pour marquer un but passe la balle. On ne joue pas personnel.

Et nous continuâmes ainsi, jusqu'à ce que le ballon ne soit plus qu'une ombre. Nous étions tous plus ou moins épuisés, mais je proposai quand même un jogging de quelques kilomètres sur la plage.

– Laissez tomber le jogging! dit Sosovele. Ce n'est plus le moment de se mettre en condition. Ce petit entraînement devra vous suffire. Et n'oubliez pas: les Allemands sont des adversaires à prendre très au sérieux!

Et notre meilleur joueur, il est où ?

Le jour du grand match débuta par plusieurs surprises. Au lieu de me réveiller à cinq heures trente, papa me laissa dormir. À l'école, tous les élèves – et pas seulement les membres de l'équipe – furent dispensés des deux dernières heures de classe et chargés d'aller faire du porte à porte pour annoncer le match. « Coup d'envoi à quatre heures, cet après-midi », avaient expressément rappelé tous les instituteurs.

Profitant de ce temps imprévu qui nous était donné, toute l'équipe se rassembla devant le centre culturel. Même si ce n'était pas prévu, chacun sentait qu'il serait peut-être bon de faire le point une dernière fois avec notre entraîneur.

Nkwabi n'y était pas et nous étions là, à tourner en rond en nous demandant que faire. Nous n'avions même pas de ballon pour nous échauffer un peu. J'avais apporté, dans un sac en plastique, les maillots et les shorts que Willi nous avait donnés pour le match. Nous décidâmes d'aller rendre une petite visite à l'équipe allemande. Certains d'entre nous n'avaient pas encore vu nos adversaires. Nous passâmes par la plage, également pour rappeler à Saïd qu'il devait être ponctuel. Deux joueurs remplaçants s'étaient proposés pour faire son travail pendant deux heures. Mais Saïd n'était pas là. À sa place, il y avait un garçon de neuf ou dix ans.

– Où est Saïd? lui demandai-je.

– Je ne connais pas de Saïd, répondit-il, sans me regarder.

Scratch, scratch, scratch. Il était moins rapide que Saïd, mais on voyait qu'il y mettait tout son cœur. À côté de lui se dressait la montagne de poissons qu'il devait encore apprêter.

– Saïd est celui qui écaille le poisson ici, d'habitude, expliquai-je. Qui t'a chargé de faire son travail?

— Monsieur Likiliwile, répondit-il, les yeux toujours rivés sur ses poissons.

— C'est le chef?

Le garçon fit oui de la tête. Scratch, scratch, scratch. Encore un de terminé!

— Et où est-il, ce Monsieur Likiliwile?

Il pointa la main qui tenait l'écailleur tout droit, vers le port.

— Quelque part là-bas.

Il me sembla qu'il reprenait l'écaillage encore plus vite, pour rattraper les deux secondes qu'il venait de perdre. Sans doute tenait-il absolument à garder ce travail. Je savais, par Saïd, qu'on n'était pas payé à l'heure mais à la pièce.

Il était inutile d'interroger plus longtemps ce gosse. Je me demandais avec inquiétude où pouvait être Saïd, mais d'abord, il fallait se hâter vers le Travellers Lodge.

Il était treize heures. À la réception, Helen lisait un livre. Tout était silencieux, il n'y avait pas un seul garçon blanc en vue. Je ne reconnus pas non plus Willi parmi les quelques hommes attablés dans le restaurant.

— Où sont-ils ? demandai-je à Helen.

— Ils dorment. Ils font la sieste, pour être bien reposés pour le grand match. C'est un ordre de Willi, et ces Blancs obéissent au doigt et à l'œil. Ça m'a impressionnée. Ce n'est pas une horde sauvage comme vous autres.

— Eh, tu ne nous connais même pas ! Regarde un peu, nous sommes au grand complet. Et ici, on a les maillots. Qu'est-ce que tu veux de plus ?

Je lui mis le sac en plastique sous le nez.

Notre équipe et les deux remplaçants, qui s'étaient préparés à écailler et vider le poisson à la place de Saïd, s'installèrent confortablement dans les beaux fauteuils. Certains allèrent même jusqu'à mettre les pieds sur la table, ce qui fit immédiatement réagir Helen.

— Vous n'êtes pas chez vous, ici, feula-t-elle. Enlevez vos pieds de là.

Apeurés, les joueurs se redressèrent sur leur siège, comme à l'école.

— Ça serait pas mal de boire quelque chose, dis-je avec un sourire que je pensais charmeur.

— Tu vas d'abord répondre à deux questions,

Mister Nelson. Ou bien j'ai la berlue, ou bien Saïd n'est pas là. Où est-il passé ? Sans lui, vous n'avez plus qu'à rentrer chez vous !

— Saïd arrivera plus tard, bluffai-je. Et l'autre question ?

— Je veux savoir si vous allez gagner ou non.

Je pris la pose et montrai chacun de nos joueurs.

— Ceux-là, commençai-je lentement en les désignant l'un après l'autre, ce sont des battants. Ils en veulent. Tous autant qu'ils sont ! Nos adversaires, on va tellement les écraser qu'on les entendra couiner jusqu'à Zanzibar.

Tous les autres rirent bêtement et applaudirent, même si aucun d'eux n'y croyait.

— OK, ça me suffit. Je te fais confiance, Mister Nelson, répondit Helen. Il me faut votre victoire. Ça fera de la publicité pour notre hôtel dans le monde entier. Si vous gagnez, vous pourrez faire la fête ici même, à mes frais, aussi tard que vous voudrez. Et si vous perdez... (elle me sourit d'un air taquin) si vous perdez, vous pourrez aussi faire la fête ici. Après tout, c'est le tout premier match international qui ait lieu à Bagamoyo.

Elle était comme ça, Helen! Il y en avait des raisons de l'aimer!

Elle nous fit apporter du Coca et on bavarda et plaisanta pour passer le temps. Mandela, toute pimpante encore ce jour-là, dansa pour nous distraire. Soudain apparut à la réception, comme par enchantement, ce grand échalas de Saïd.

— Je joue, dit-il en souriant, si l'entraîneur a besoin de moi.

À mon grand soulagement, son visage était détendu. Il portait sa tenue de travail, des haillons dégoûtants, qui empestaient encore plus le poisson et les ordures que d'habitude.

— Qu'est-ce qui se passe? Pourquoi tu sens aussi mauvais? lui demandai-je à voix basse.

— Quand j'ai donné ma démission, ce vieux truand était tellement furieux qu'il m'a balancé dans un tonneau plein de déchets de poisson.

— Qui t'a fait ça?

— Mon ancien chef, Likiliwile. Tu crois que je pourrais me doucher, ici?

Que des chefs puissent avoir des comportements aussi écœurants vis-à-vis de leurs employés, cela ne m'étonnait pas. J'avais déjà entendu plein d'histoires de ce genre. Je demandai à Helen où Saïd pouvait prendre une douche et elle me montra l'appentis où se faisait la lessive de l'hôtel.

— Il n'y a personne là-dedans pour l'instant. Ton raton laveur va pouvoir s'y ébattre comme il veut.

Je sortis de mon sac en plastique un maillot et un short pour Saïd, sans faire attention aux numéros. Il les prit aussi précautionneusement qu'un trésor.

— Tu veux que je mette ça? demanda-t-il, incrédule.

Helen intervint :

— Vous allez tous prendre une douche, les uns après les autres. Qu'est-ce que les Blancs penseraient de vous si vous arriviez sur le terrain sales comme des gorets? C'est indispensable! Allez ouste, Saïd! Tu commences, c'est pour toi que ça urge le plus.

Saïd disparut dans la buanderie. On l'entendit

fredonner et chanter tout le temps de sa toilette. Il avait l'air de bonne humeur.

Propre comme un sou neuf et en maillot, il était presque méconnaissable. Ses habits et ses vieilles baskets étaient trempés : visiblement il avait tout nettoyé à fond. Il avait seulement remis son slip mouillé, ça crevait les yeux. Il posa ses baskets au soleil et étala ses vêtements sur un buisson. Je ne pus résister à l'envie de lui poser quelques questions.

— J'ai un nouveau boulot, me dit-il d'un air détaché en vidant d'un trait son verre de Coca.

Tous les regards se tournèrent vers lui. Et soudain, ce n'était plus seulement sa nouvelle tenue qui attirait les regards sur lui. Nous voulions tous savoir comment il avait résolu son problème. Il prit tout son temps, attendit, pour répondre, qu'on nous apporte une deuxième tournée de Coca.

— On peut aussi avoir quelque chose à manger, ici ?

Il voulait nous laisser sur le gril.

— Tu as de l'argent ? lui demanda Helen avec un sourire goguenard.

Elle aurait aussi bien pu lui demander : « Elle est à toi, la grosse Mercedes devant la porte ? »

— Ça va. Il y a des restes en cuisine, on va te réchauffer ça.

Helen est comme ça, un peu bourrue, parfois. Mais elle a le cœur sur la main. On ne peut pas en dire autant de tous les Blancs.

Quelques minutes plus tard, elle apportait à Saïd une assiette pleine : un demi coquelet, du riz et de la salade, le tout nappé d'une sauce brune bien grasse. Il se jeta dessus, oubliant visiblement que nous attendions ses explications avec impatience. C'était un plaisir de le regarder et d'entendre les os du coquelet craquer sous ses dents. En moins de deux, l'assiette fut vide et il la lécha avec sa langue rouge, pour être sûr de ne pas y laisser le moindre grain de riz. Ensuite, il rota bruyamment et s'adossa à sa chaise. Il était comme transformé, débarrassé de cette tension que j'avais vue chez lui la veille. Kassim aussi l'avait remarquée et en était bouleversé.

— Calvin Kitumbo m'a embauché dans son

entreprise comme assistant. Salaire fixe et horaires fixes, plus un repas le soir.

J'étais tellement surpris qu'il me fallut presque une minute pour me rappeler que Calvin Kitumbo n'était autre que mon père. Tandis que les autres criaient à tue-tête, félicitant Saïd comme un héros qui reviendrait vainqueur d'une chasse aux fantômes, je restai assis près de lui, silencieux, les yeux dans le vague. Comment papa ferait-il pour le payer ? En même temps, je me disais : peut-être Saïd ira-t-il chercher des mangoustes et des crapauds à ma place ? Ou peut-être irons-nous ensemble ? Des serpents, papa en avait de plus en plus et ils mangeaient comme des ogres. Ce serait génial de partir avec lui au petit matin. Mais papa gagnait-il suffisamment d'argent pour payer un employé ? Comme la plupart des touristes visitaient le terrarium le matin, pendant que j'étais à l'école, je ne savais pas du tout si ça marchait bien. Et je ne posais jamais de questions. L'argent est l'affaire des parents. Mais d'un autre côté, je connaissais mon père : il n'était pas du genre à se lancer dans l'aventure à la légère.

— Tu commences quand ? demandai-je.

Saïd essuya ses doigts gras sur un pan de nappe et me sourit.

— Demain matin ! Faut aller chercher des crapauds et des trucs comme ça dans les marais ! (Son sourire s'agrandit encore quand il ajouta :) Avec toi, mon pote ! Et ensuite, direction l'école !

D'autres questions me brûlaient encore les lèvres. Ce n'est pas si facile d'être le fils d'un chef d'entreprise. La plupart de mes copains ne s'en rendaient pas compte.

Les joueurs allemands sortirent les uns après les autres de leur chambre. Vous avez déjà regardé de près des Blancs au réveil ? On a un peu l'impression qu'ils ont pleuré. Ils allèrent à leur tour se débarbouiller au robinet qui était dans la pelouse, afin de ne pas donner d'eux une mauvaise image.

Willi, l'entraîneur, traversa le gazon pour venir serrer la main à chacun d'entre nous. Il avait même retenu les noms de Mandela et Mirambo.

— C'est sympa de venir nous chercher, dit-il.

Il nous présenta son équipe au complet.

— Alors, pour que vous sachiez contre qui vous allez jouer : nous avons deux joueurs, Asaf et Soner, dont les parents sont turcs. Ce sont les deux bruns qui sont là-bas derrière. Soner, celui qui a la boule à zéro comme un prisonnier, est le gardien de but. Asaf est notre ailier droit. Otto vient du Congo mais vit, comme nos amis turcs, en Allemagne. C'est notre capitaine et l'avant-centre. Un de nos milieux, Nicki, vient du land de Hesse et ne joue avec nous que les rares fois où il rend visite à son grand-père.

Nicki n'était pas ce qu'on appelle un géant, mais il ne fallait sûrement pas le sous-estimer.

— Ces trois-là, ajouta Willi en montrant quelques jeunes à sa droite, sont de purs gaillards de la Ruhr. Paul, le grand avec les cheveux en pétard, vient de Bottrop. Boris, le blond, est un défenseur et René de Dortmund un attaquant. C'est le petit nerveux que vous voyez là derrière. Qui on a encore ? Lui, c'est Rudi, à côté de lui Wölfchen, un défenseur aussi...

Willi cita encore plein d'autres noms et j'essayai d'en retenir quelques-uns. Tandis qu'il nous présentait son équipe au complet, je regardais discrètement leurs chaussures. Ils portaient tous des baskets. Des baskets un peu plus classe que les nôtres et visiblement presque neuves. Rien à voir avec nos godasses toutes grises et trouées, pour certaines.

– J'espère que ça ne vous dérange pas que nous ne soyons pas tous originaires de la même ville ni du même pays.

Je me sentis obligé de faire à mon tour une déclaration.

– Aucun problème !

Puis je me mis à énumérer à toute vitesse les noms de nos joueurs et joueuses.

– Il n'y a aucun Blanc dans notre équipe, mais presque tous nos joueurs sont issus d'ethnies différentes : Wasaramo, Wasukuma, Wakerewe, Wagogo, Wanyamwezi, etc. Nous formons un groupe assez mélangé, un peu comme vous.

Les Allemands avaient l'air éberlués. Sans doute n'avaient-ils jamais entendu parler des Wanyamwezi ou des Wakerewe. Mais, comme l'avait dit leur entraîneur, ils étaient là pour apprendre des choses. Pendant mon discours, la plupart d'entre eux étaient déjà en train de sautiller sur place ou de faire des assouplissements.

Le match peut commencer

Il fut décidé qu'on irait tous ensemble jusqu'au terrain en passant par la plage. Chemin faisant, les joueurs allemands essayaient de discuter avec nous. Avec quelques mots anglais, beaucoup de gestes et de grimaces, c'était plus facile qu'on ne l'aurait imaginé. Tout le monde s'amusait drôlement, je crois. Et puis Willi était enchanté du tour qu'ils avaient fait en ville, la veille, avec les deux curés.

– Après, au bar de l'hôtel, on a pas mal picolé.

Ça l'amusait beaucoup de me raconter ça, mais je ne l'écoutais que d'une oreille. Je ne pensais qu'au match imminent ; en tant que capitaine, il fallait que je me concentre. Sauf que je ne voyais pas à quoi il fallait si intensément réfléchir.

Une demi-heure avant le coup d'envoi, notre troupe quitta la plage pour bifurquer vers le terrain de football. Là, surprise : il y avait des spectateurs partout, jusqu'aux murs d'enceinte de la place : du jamais vu à Bagamoyo. Sosovele et Nkwabi avaient toutes les peines du monde à contenir la foule un mètre derrière les limites du terrain. Les gens couraient en tous sens, criaient à tue-tête.

– Reculez, voyons ! Comment voulez-vous qu'ils jouent si vous empiétez sur le terrain ? Regarde-moi ça, tu as brouillé la ligne de touche ! Ça a l'air de quoi, maintenant !

Nkwabi se baissa pour remettre le sable à sa place et retracer une ligne droite. Ensuite il alla discrètement inspecter chaque cage de but, regarda partout comme s'il cherchait ses clefs. Il vérifiait probablement qu'il n'y avait pas de gris-gris cachés. Il avait horreur de ce genre de sortilège. Et je n'arrivais pas à deviner si oui ou non il en avait trouvé. Mais ça m'aurait pas étonné qu'un joueur de notre équipe soit venu poser des amulettes en cachette.

Nkwabi et Sosovele, les deux arbitres de touche, portaient des survêtements très élégants. Willi les appela au milieu du terrain pour une concertation. Nous en profitâmes pour nous exercer aux tirs au but avec les magnifiques ballons des Blancs. Willi nous fit signe d'approcher, à Otto et à moi, pour nous passer le brassard de capitaine. Tout le public applaudit.

Je courus rejoindre mon équipe et c'est alors que je vis le petit Sam Njuma au milieu de nos joueurs.

— Sam, va-t'en vite, maintenant ! Tu n'as qu'à te mettre derrière nos buts, là tu verras très bien.

J'avais dit ça très gentiment, mais il refusa d'obéir.

— Non, je reste. Je veux jouer avec vous, me dit-il avec un regard mauvais.

— Voyons, Sam, c'est pas possible. Tu n'es pas prêt, tu es trop petit encore. Allons, sois mignon !

Je souris, pour le consoler, mais rien n'y fit.

— Je veux jouer avec vous ! insista-t-il.

Et il s'assit par terre. Que faire ? Il fallait peut-être un peu plus de sévérité.

— Si tu ne disparais pas tout de suite, Sam, je t'attache à cet arbre, là-bas.

Il ne parut pas du tout impressionné. Son regard se fit encore plus venimeux.

Entre-temps, Hussein Sosovele avait remarqué mes démêlés avec Sam Njuma. Il le prit à part, lui parla à voix basse pendant trois bonnes minutes. Il avait posé une main sur l'épaule de Sam, comme un bon père l'aurait fait avec son fils. Je n'avais aucune idée de ce qu'ils pouvaient se dire, mais Sosovele eut gain de cause. Il avait dû promettre au gamin un contrat avec la Juventus de Turin.

Sam me jeta encore un regard narquois et alla se poster derrière notre but où Yakobo se donnait déjà en spectacle. Le public poussait des hourras à chaque plongeon qu'il faisait pour rattraper le ballon.

Tout était prévu également pour bien accueillir le public. Je comptai au moins quatre stands où l'on vendait des sucreries, des gâteaux, des boissons et des épis de maïs bouillis, servis avec du sel et du beurre. Je vis Mirambo se glisser derrière le club-house pour pisser un bon coup. Et sans cigarette au bec.

On faisait tous mine d'être décontractés, alors qu'on était carrément sur les nerfs. Dès que Mirambo réapparut, le match commença enfin. On se mit en rang. Gardien de but, capitaine, puis tous les autres, comme on avait vu à la télévision.

Ensuite, les joueurs blancs défilèrent devant nous à la queue leu leu pour nous serrer la main. Ce fut un grand moment. Kassim et Saïd avaient les larmes aux yeux. Enfin, chacun prit position.

Willi nous demanda à Otto et moi de nous approcher de lui :

– Pile ou face ?

Je choisis pile. Il lança une pièce en l'air et nous scrutâmes le sol. Face. Otto choisit le côté où son équipe s'était déjà positionnée. Il fallut ensuite se serrer la main et promettre de jouer loyalement.

Assez discuté tactique et psychologie, plus question non plus de sortilèges, maintenant on allait jouer !

Je me retournai une dernière fois vers le mur défensif: Mandela affichait une détermination farouche. Pourvu qu'elle ne se prenne pas tout de suite un carton rouge, me dis-je. Je lui souris et lui adressai un petit signe, un mouvement de la main, de haut en bas, pour lui dire de ne pas s'emballer. Elle me sourit en retour et leva le pouce. On se sentait tous unis et solidaires, on échangeait des clins d'œil. J'aurais voulu prendre encore une fois mes amis dans mes bras, tellement j'étais excité et heureux.

Première mi-temps : poussière, sueur et passion

Coup d'envoi. Otto envoie immédiatement le ballon en retrait dans son camp, ils le font circuler pendant quelques secondes. Pour nous faire sortir de notre réserve. C'est de bonne guerre. Aucun d'entre nous ne les ayant vus jouer, on ne connaît ni leurs forces ni leurs points faibles. Il faut les observer attentivement.

Nos adversaires ne semblent pas pressés de marquer. Saïd monte, seul Tutupa tente une ou deux interceptions. À ce moment-là, ils font une passe en retrait au gardien de but, Soner, qui relance au pied vers René, sur le côté. Les adversaires attaquent mollement puis reviennent en défense. On ne voit pas encore très clair dans leur jeu. Ou alors c'est que je ne comprends pas leur tactique. Ce qui est évident, en tout cas, c'est qu'ils veulent garder le contrôle du ballon. Tout à coup Kassim s'impatiente : il s'élance à toute allure et récupère le ballon dans les pieds de Wölfchen. Kassim me fait une passe, je fais suivre à Saïd et les ailiers remontent le terrain. Saïd déborde et ajuste un magnifique centre. Guido réceptionne habilement devant le but et tire. Soner, le gardien allemand, plonge et arrête le ballon. Je suis arrivé trop tard ; Guido me fait un geste d'apaisement, comme pour dire : pas grave, ça arrive.

Le gardien dégage du pied. Boris réceptionne au centre du terrain et relance aussitôt vers notre but. Il passe à Otto. Celui-ci essaie de dribbler Mandela qui ne parvient à l'arrêter que par un tacle avec les deux pieds en avant. Ils se retrouvent tous les deux à plat ventre dans la poussière. Ça s'est passé à vingt mètres de la surface de réparation. Coup franc pour les Blancs. Mandela aurait pu écoper d'un carton jaune mais rien ne sort de la poche de l'arbitre.

— Fais un peu plus attention, lui soufflé-je pendant que nous formons le mur.

Otto se trouve au milieu. Nous sommes cernés par les Blancs. Je ne me souviens plus du prénom du joueur qui tire le coup franc. Je ne vois que son visage concentré, ses grandes foulées. Tout à coup, son tir passe au-dessus de nos têtes et prend la direction du but. Yakobo arrive à dévier le ballon du bout des doigts au-dessus de la transversale. Premier tonnerre d'applaudissements. Corner pour les Blancs.

Mirambo est le plus grand de notre équipe, il nous dépasse tous. Il intercepte le corner de la tête, enchaîne sur un dribble, lance la contre-attaque seul. Les Blancs ne le craignent visiblement pas beaucoup, car ils le laissent se présenter devant leur surface de réparation ; nous courons nous aussi et attendons que Mirambo nous refasse participer au jeu. Il est taclé à la régulière par Rudi qui récupère le ballon. Pas de coup franc.

Relance du gardien de but. Un penalty serait le bienvenu, me dis-je. Pour repousser les Allemands en défense.

Il sera sifflé deux minutes plus tard, contre nous, malheureusement. Hanifa a percuté le grand Paul avec une telle violence qu'il est au sol, grimaçant de douleur. La faute a eu lieu juste dans la surface de réparation.

Yakobo est impuissant. Le tir de Wölfchen précipite le ballon dans le coin supérieur gauche de la lucarne en effleurant même la transversale. Il a frappé tellement fort que le filet craque à un endroit et se met à flotter au vent. À entendre les applaudissements et les cris de joie des spectateurs, on pourrait croire que ce premier but est pour nous.

Ils sont comme ça, les habitants de Bagamoyo ! Ils savent apprécier un beau geste.

Moi, je suis un peu déçu.

– On va rattraper ça, chuchoté-je à Mirambo, tandis que nous nous dirigeons vers le milieu du terrain pour la remise en jeu. En guise de réponse, il me fait un signe de tête, l'air résolu.

Pendant la deuxième demi-heure, le jeu est assez flottant. On se rend compte très vite que ces jeunes Allemands ont une bonne technique.

Chacun remplit son rôle en marquant un joueur et s'efforce de garder le contrôle du ballon et du jeu. Quant à nous, nous courons plus qu'eux, mais c'est le plus souvent pour rien. Nous n'arrivons pas à montrer de quoi nous sommes capables.

Le but suivant, on se le prend sur un corner. Mirambo manque une tête, le ballon atterrit lentement sur le front de Nicki et file droit dans la cage sous le nez de Yakobo.

Je m'étonne que les Blancs ne fassent pas des incantations ou le signe de croix chaque fois qu'ils marquent. Ils remercient simplement le buteur d'une tape sur l'épaule, c'est tout. Ils sont manifestement habitués à gagner et sûrs de gagner.

Après le deuxième but, Mirambo bout de rage. Il ne dit rien, mais je vois bien qu'il est aux aguets. Il veut créer l'occasion. Seulement, c'est difficile de prendre le ballon aux Allemands. Ils sont trop forts et bien meilleurs que nous dans le duel. Je jette un coup d'œil à ma montre : il est urgent qu'à la mi-temps, on se mette d'accord sur une tactique. Ça ne peut pas continuer comme ça. Encore trois minutes. Deux à zéro pour les Allemands. Il faut bloquer le ballon, maintenant. Mais c'est une erreur, je m'en aperçois trop tard. Nous voyons Olaf passer devant nous en sprintant le long de la ligne de touche, faire un une-deux avec Asaf, jusqu'au moment où il n'y a plus que Mandela entre notre gardien de but et lui. Il essaie de la dribbler, elle le tacle les deux pieds décollés. Olaf se retrouve par terre. Dans la surface de réparation. Nouveau penalty.

À quelques secondes de la mi-temps !

Yakobo est parfaitement concentré. Je voudrais qu'il ait autant de bras que ses seiches ont de tentacules. Il scrute Asaf qui s'apprête à tirer. Coup de sifflet. Asaf a visé le coin inférieur gauche. Yakobo plonge, fait un bond prodigieux et dévie le ballon. Je pousse un soupir de soulagement, tandis que le public applaudit à tout rompre.

Il nous faut encore assurer ce corner. Tous les Blancs, même les défenseurs, sont placés dans notre surface de réparation ou juste devant. Bien décidés à marquer encore une fois.

Le ballon ne parvient pas, comme on s'y attendait, devant le but, mais file à toute allure vers Rudi, qui attend, à l'entrée de la surface, sans personne pour le marquer. Il se retourne et tire. Yakobo n'a aucune visibilité. Impossible de stopper le ballon. Trois à zéro.

Retentit alors le coup de sifflet de la mi-temps.

Quelqu'un avait délimité un petit espace avec un ruban en plastique rouge, comme sur un chantier, un endroit où l'on ne viendrait pas nous déranger. C'est là que notre équipe se regroupa. Il y avait de l'eau minérale et nous bûmes comme des chameaux.

– Pas d'affolement, dit Sosovele d'un ton apaisant. Vous connaissez désormais leurs forces et leurs faiblesses, alors allez-y, foncez. Il faut inclure davantage Saïd : il sème la pagaille chez les adversaires. Les défenseurs, courez davantage et soyez plus prudents. Encore un penalty et c'est mort. C'est ce que vous voulez ?

Cette phrase nous fit rugir comme des lions blessés : il n'en était pas question. Et curieusement, j'y croyais. Nous étions sacrément en retard, mais plus pugnaces que jamais.

— Ils seront bientôt à genoux, lançai-je en allant d'un joueur à l'autre. Notre heure est venue, mes amis ! Il n'y a aucune raison de baisser les bras.

Mirambo grogna et m'approuva d'une tape sur l'épaule. Puis il disparut derrière le mur qui entourait le terrain de foot.

— Il était grand temps, dit-il en revenant.

Et il chercha ses cigarettes dans ses vêtements. Mais Sosovele surprit son geste : il obligea Mirambo à lui donner son paquet de cigarettes et le mit en sûreté dans sa poche.

— Plus tard, dit-il. Ce n'est pas le moment de fumer.

Tout le monde éclata de rire devant la déception de Mirambo, même Sosovele.

Seconde mi-temps :
le coup de pied magique

Après avoir bu et plaisanté encore quelques minutes, il nous faut rentrer sur le terrain. Dès le coup d'envoi, nous prenons possession du ballon que nous faisons circuler puis Mandela, loin devant, le récupère. Je ne l'ai jamais vue agir aussi vite. Nous l'accompagnons sur les ailes. Elle dribble à la perfection et multiplie les feintes de corps. Mais peut-être les garçons de l'équipe adverse n'osent-ils pas la stopper. Elle n'a plus devant elle que les défenseurs prêts à la cueillir. Soner, le gardien, sort de la cage ; dans la surface de réparation, c'est la confusion totale.

Tout à coup Mandela s'arrête net, comme

si elle était à bout de souffle, et lobe la défense. On a l'impression que le ballon va passer largement au-dessus du but. Mais il redescend comme par enchantement; Soner se précipite en chancelant, bras tendus. En vain. Le ballon atterrit derrière la ligne de but.

Un à trois. C'est déjà un premier pas vers l'égalisation. Mandela repousse tous nos gestes de congratulation. On l'a rarement vue aussi modeste.

Ce but a un effet incroyable sur toute l'équipe. Mirambo et Omari se donnent vraiment à fond. C'est fabuleux de les voir aussi bien contrôler le ballon et éliminer les Blancs. Peu après, ils nous amènent à deux buts à trois, grâce à un une-deux aussi réussi que dans les manuels qui déstabilise les adversaires. Mirambo n'a plus qu'à pousser légèrement le ballon pour qu'il franchisse la ligne de but.

Dans le stade, l'allégresse éclate de plus belle. De tous côtés on scande : « Mirambo – Omari ! Mirambo – Omari ! Mirambo – Omari ! » Même un aveugle pourrait voir la stupéfaction des

Blancs. Ils ne s'attendaient pas du tout à ce but. Un vrai coup de génie ! On leur a enfin montré de quoi on était capables !

Mais le jeu va tourner de nouveau. De façon tout à fait inattendue, car c'était nous qui avions le ballon. Saïd me fait une longue passe. Je contrôle, je remonte, je feinte deux adversaires, Nicki et René, et fais une passe à Kassim. Il est marqué par Boris et Wölfchen. Tel un buffle cerné par les hyènes, il se retourne, le ballon au pied. Je vois qu'il cherche du coin de l'œil quelqu'un qui ne soit pas marqué. Soudain il parvient à se libérer, me fait la passe quand je me défais du défenseur. Je n'ai jamais frappé aussi fort. Le ballon fait résonner les poteaux qui vacillent dangereusement puis sort. J'en pleurerais.

Kassim et moi n'avons même pas repris notre souffle que les adversaires remontent déjà le ballon au milieu du terrain, apparemment sans le moindre effort. Transversale à l'ailier droit, Asaf, qui dribble jusqu'à la surface de réparation et centre. Il règne une joyeuse pagaille devant le but. Je vois Mandela se débattre, Hanan lutter au corps à corps avec Boris et Yannik : très dangereux ! Personne ne saura exactement comment le ballon a franchi la ligne de but. Grâce à Nicki, diront certains. Le coup de sifflet de l'arbitre ne se fait pas attendre : deux à quatre.

Les vingt minutes suivantes ne sont qu'un combat entre les deux camps ; personne ne trouve le moyen de concrétiser. Et des deux côtés, les joueurs commencent à être épuisés. L'après-midi touche à sa fin, pourtant la chaleur ne diminue pas. Nos maillots sont trempés. Je brûle, évidemment, de marquer un but et je file, juste au bon moment, avec Saïd, dans le camp adverse.

– Va à gauche, toi! me lance Saïd en dribblant vers la droite, pour remonter ensuite vers le but. Il est aussitôt entouré par quatre adversaires. Ils ont compris depuis longtemps combien il est dangereux, même s'il n'a encore marqué aucun but. Subitement Saïd s'arrête, faisant mine de réfléchir. Enfin, à la vitesse de l'éclair, il shoote et le ballon vole au-dessus de toutes les têtes pour venir jusqu'à moi : il atterrit sur mon pied. Reprise de volée en direction du but, sans me poser de question. Le gardien allemand s'étire de tout son long, en vain.

Trois buts à quatre.

Je vois mon père, parmi les spectateurs, au bord du terrain, lever les bras et crier. Dans l'allégresse générale, je n'entends pas distinctement les mots. Helen sautille en rond, Maeda l'instituteur rit, le père Jonathan n'arrête pas de se signer.

Je remercie Saïd qui, gêné et timide, refuse d'un signe ma reconnaissance.

Il reste dix minutes de jeu et il ne nous manque qu'un but pour égaliser. À présent, le ballon reste au milieu du terrain, car personne ne veut risquer la moindre erreur, chacun cherche à feinter l'adversaire. Mirambo s'épuise, tel un sanglier acculé par des chiens de chasse. Malgré ses efforts, il n'arrive pas à récupérer le ballon ; quand il y parvient une fois, les défenseurs lui barrent la route.

À ce moment, je vois Saïd courir jusqu'à la ligne de touche, là où se tient mon père. Il montre celui-ci du doigt puis pointe l'index vers lui-même et vers le but. Je comprends :

il veut maintenant marquer un but pour son nouveau chef. Assez téméraire, me dis-je, mais le voilà qui accélère. Il parvient à prendre le ballon à Rudi et Paul. Toutefois, à notre grande surprise, il ne remonte pas en direction du but ; il fait une passe à Mandela qui a reculé presque jusqu'à la ligne de milieu de terrain. Saïd court alors vers le but sans regarder autour de lui, mais en faisant bien attention de ne pas risquer le hors-jeu. Mandela tire, Saïd reprend sa course en avant. Le ballon atterrit juste sur lui et on pourrait croire qu'il a des yeux derrière la tête : à quinze mètres des cages, il fait une reprise de volée et marque. Imparable pour Soner ! Ce dernier est tellement furieux qu'il s'en prend à ses coéquipiers devant lui, en turc, j'imagine.

Nous exultons, bras dressés vers le ciel, le public est déchaîné. Personne n'a jamais vu un but pareil. Saïd, lui, est très calme, il sourit à mon père et retourne à sa place de libéro, devant la zone de penalty. Quatre à quatre. Et encore cinq minutes de jeu.

Avec cette chaleur, personne n'a envie de

jouer les prolongations. Il se produit alors une chose que moi et moi seul aurais pu éviter : à l'extrémité sud du terrain arrive tout tranquillement un troupeau de vaches qui se fraye un chemin parmi les spectateurs, puis se met à traverser le terrain de football en diagonale. La foule ne semble pas les effaroucher le moins du monde, ou alors elles ne la voient même pas. À leur allure habituelle, c'est-à-dire très lentement, elles avancent, sans que rien ni personne ne puisse les arrêter. Une idée me traverse l'esprit : pourvu qu'elles ne lâchent rien. Willi vient de siffler et j'ai peur qu'il annonce la fin du temps réglementaire. Lorsque les spectateurs voient les vaches, les rires fusent de partout. Nous, les joueurs, nous essayons d'éviter les bêtes, jusqu'au départ de la dernière génisse.

Willi ordonne qu'on lui donne le ballon puis appelle les capitaines au milieu du terrain.

– Ballon à l'arbitre ! À vous de le rattraper !

Il le lance très haut. Otto le rattrape d'une tête, en me bousculant si fort que j'en vois trente-six chandelles. Il ne nous reste que deux ou trois minutes pour éviter les prolongations et éventuellement les tirs au but. J'ai l'impression d'avoir du plomb dans les os. Mes coéquipiers et nos adversaires semblent éprouver la même sensation.

Nous sommes tous assez fatigués et faisons circuler le ballon en attendant le coup de sifflet final, lorsqu'il se passe une chose incroyable : je vois notre gardien, Yakobo, enlever ses baskets, les jeter nonchalamment par-dessus son épaule, et partir en courant. À toute allure. Il fonce comme une gazelle entre les adversaires, récupère le ballon avec ses gros pieds nus et le contrôle à la perfection, comme s'il était soudé à ses pieds. Les yeux fixés sur le but, il se débarrasse en vitesse de Rudi, Olaf, Nicki et Otto, lobe Paul et récupère encore le ballon. Quatre ou cinq mètres seulement le séparent du but adverse. Soudain il trébuche, tombe à genoux, et le ballon part lentement en vrille en direction du but. Soner sort en trombe pour l'intercepter. Alors Yakobo se relève d'un bond, comme une lionne effarouchée, reprend le ballon juste avant que le gardien de but s'en empare, se tourne légèrement vers la droite et l'envoie au fond de la cage. Impossible à rattraper. La frappe est si forte que le ballon passe au travers des mailles du filet, qui est en assez mauvais état à présent, et atterrit au milieu des spectateurs.

Le silence est total sur le terrain comme dans le public. Rien ne bouge. Je sens mon sang battre dans mes veines et j'attends le coup de sifflet de l'arbitre qui va nous libérer.

Un gardien de but a-t-il le droit de tirer ?

C'est alors que j'entends siffler. Nous levons les bras, triomphants, incrédules.

Sans prêter attention aux cris de joie, Yakobo retourne tranquillement dans la cage. Le père Jonathan et le père John Henschel tombent dans les bras l'un de l'autre. Ils dansent comme les deux derviches que j'ai vus un jour dans un livre. Yakobo s'assoit par terre et, imperturbable, remet ses chaussures.

Il n'y a pas d'autre remise en jeu. Willi regarde sa montre et siffle la fin du match.

Les cinq minutes d'arrêt de jeu qu'il avait fallu jouer à cause du troupeau de vaches sont écoulées.

Tous les spectateurs affluaient sur le terrain. Et si tu crois qu'ils embrassèrent seulement nos joueurs, détrompe-toi. J'avais le sentiment que chaque habitant de notre ville voulait absolument serrer un Blanc dans ses bras, comme s'il attendait cela depuis toujours. Finalement, tout le monde embrassa tout le monde. Les hurlements de joie, les youyous, le tumulte, c'était incroyable. Nous, les joueurs, étions noyés dans la foule, nous nous étions perdus de vue, nous croisions des dizaines de têtes inconnues, nous nous laissions embrasser. Tout à coup Helen était devant moi et elle me prit elle aussi dans ses bras, c'était le summum, un vrai bonheur. Le père Jonathan et son collègue le père Henschel me bénirent, en sachant très bien que je suis luthérien. Ça ne peut pas me faire de mal, me dis-je.

À ce moment retentit, sur la colline, près de notre futur club-house, un long coup de sifflet. Je vis le professeur, Maeda Haji, et près de lui l'arbitre, Willi, et nos deux entraîneurs. Ils nous firent signe et je compris qu'ils demandaient à tous les joueurs de les rejoindre. Il fallut nous frayer un chemin à travers la foule. Enfin nous étions rassemblés, pêle-mêle, autour d'eux ; près de moi, il y avait Otto et Nicki qui avaient rudement bien joué. Nous nous tenions tous par les épaules. Je savais ce qui allait se passer maintenant et j'aurais bien aimé demander à Willi si le père Jonathan lui avait donné des conseils pour la prière. Mais il était trop tard.

Willi adopta la posture *ad hoc*. Et... tiens, tiens ! À côté de lui se tenait le petit Sam Njuma, comme s'il faisait partie des dirigeants du club ou qu'il servait la messe, chez les catholiques. Sur son ventre, de ses mains croisées, il tenait un de nos ballons de match. Il semblait aux anges, notre petit morveux !

Tout le monde savait, dans la ville, qu'après chaque match, on disait une prière. Les derniers bruits s'arrêtèrent. On attendait.

Je me demandais bien ce qu'un entraîneur allemand allait dire comme prière. Il s'exprimait en anglais et à la fin de chacune de ses phrases, Maeda traduisait en kiswahili :

— Le jeu est le plus beau cadeau que Dieu ait

fait aux hommes. Il n'y a que dans le jeu, que nous soyons tout à fait nous-mêmes. Le jeu nous montre que perdre n'est pas vraiment une défaite et que la victoire ne doit pas nous rendre orgueilleux. Le jeu est un partage communautaire et, pendant ces 90 minutes, nous avons formé une formidable communauté : les joueurs, les entraîneurs, les spectateurs. Quand Toi, Dieu, Tu as sifflé la fin du match, nous étions les plus heureux du monde. Il n'y avait ni perdants ni gagnants. Tu nous as offert l'enthousiasme, Tu nous as permis d'oublier nos problèmes quotidiens et nos peurs. Pendant cette heure, nous étions des cailloux multicolores que Tu tenais dans Ta main, Noirs ou Blancs, chrétiens ou musulmans. Grâce à Toi, les joueurs aussi bien que nos formidables spectateurs ont montré beaucoup de *fair play* et éprouvé la joie d'être ensemble. Et c'est là notre bien le plus précieux.

Nous T'en remercions !

Je ne sais pas si, en Allemagne, on applaudit une prière particulièrement remarquable, mais chez nous, les gens ont battu des mains aussi fort que si un nouveau but venait d'être marqué. On est comme ça, chez nous.

Je trouvais que Willi avait bien parlé. Il était tout ému, à en juger par sa figure qui était à présent d'un rouge que l'on ne voit chez nous que chez certaines variétés de tomates. Des bambins qui s'étaient attroupés autour de lui le regardaient avec de grands yeux et essayaient timidement de toucher ses jambes et ses bras poilus et constellés de taches de rousseur. Ce n'était pas tous les jours qu'on avait l'occasion de toucher la peau d'un *mzungu*.

Enfin, les gens se dirigèrent lentement vers la plage, comme s'ils avaient tous en poche une invitation personnelle.

Une « bonne » erreur d'arbitrage

De très loin, déjà, on entendait les tamtams. Je n'ai jamais su qui avait organisé tout cela. Chez nous, en Afrique, il se passe parfois des choses mystérieuses que la plupart des gens mettent sur le compte de la magie. Quelques petits feux brûlaient dans de vieux barils et, tout en bavardant haut et fort, de grosses mamas du marché proposaient des grillades de viande et de poisson, des épis de maïs grillés et des bananes. J'aperçus aussi des piles de caisses de bière et de limonade. Une vraie fête populaire battait son plein.

Pour une raison que je n'arrivais pas à élucider, j'étais d'humeur songeuse. J'essayais de chasser ces pensées en me disant : à quoi bon se plonger comme ça dans de grandes réflexions quand on a gagné ?

Tous les joueurs de notre équipe n'avaient qu'une idée en tête : foncer immédiatement dans l'eau pour se débarrasser de la sueur. Pour cela, il fallait se frayer un chemin dans la foule. Les gens étaient tellement euphoriques que personne ne remarqua que nous nous étions jetés dans la mer tout nus. Mais nous avions bien l'intention de remettre nos maillots après, pour être reconnus comme des joueurs nationaux et acclamés comme des vainqueurs. Pourtant, je ne pouvais pas me défaire du sentiment que les gens ne célébraient pas notre victoire mais se félicitaient plutôt de ce beau match. Ou se félicitaient eux-mêmes, ou que sais-je encore ? Certains s'agglutinaient autour des tamtams et des transistors et dansaient, d'autres s'installaient sur la plage avec leur boisson ou discutaient par petits groupes.

Comme plus personne ne faisait attention à nous, nous décidâmes, nous les joueurs, les entraîneurs et quelques fans, d'aller au Travellers Lodge. Là aussi il y avait une ambiance du tonnerre. Les serveurs étaient débordés. Je me demandais si nous allions trouver de la place. En tant que capitaine de l'équipe, j'aurais peut-être dû penser à réserver.

Parmi la foule, papa et maman étaient accoudés au comptoir devant un verre de bière. Ils roucoulaient comme des tourtereaux. Pourtant ils nous firent signe, à Mandela et à moi, avant de retourner à leurs roucoulades.

Prévoyante, Helen nous avait réservé une longue table. Elle se doutait qu'après le match, nous aurions tous une faim de loup. Personne ne se demandait qui allait régler la note.

Saïd qui, quelques heures plus tôt, avait déjà mangé comme quatre me sourit, se servit et s'en donna de nouveau à cœur joie. Mirambo discutait technique avec Kongo-Otto, je me demande encore dans quelle langue. Le match nous avait tous épuisés et nous étions bien contents d'être enfin confortablement assis.

Dehors, la nuit commençait à tomber ; les rougeoiements du soleil couchant se reflétaient dans la mer. On entendait des roulements de tamtams et des cris venus de la plage. Une fois le soleil disparu, on perçut le bruissement de la mer, car la marée remontait.

J'étais probablement le seul à prêter attention à cela. Peut-être parce que j'étais toujours pensif et que des questions que je n'arrivais pas à formuler se bousculaient dans ma tête.

Les joueurs, tous de très bonne humeur, bavardaient à tout va, avec les mains et les pieds, en anglais, en allemand et en kiswahili. Chacun de mes coéquipiers pensait sûrement avec tristesse que ces footballeurs courageux venus de la « ville faite de plusieurs villes » allaient nous quitter dès le lendemain. Mais personne n'en parlait pour ne pas gâcher l'ambiance.

Willi sortit de la buanderie : il s'était douché et changé. Il prit place à côté de moi, se servit un verre de bière et me murmura à l'oreille :

– Alors ? Content de mon arbitrage, Mister Nelson ?

Il avait rudement vite pris nos petites habitudes de langage. Mais pourquoi me demandait-il cela ?

— Bien sûr ! répondis-je sans oser en dire davantage.

Willi avait-il deviné les pensées que je remuais dans ma tête ? Je me forçai à lui poser une des questions qui me turlupinaient.

— Est-ce qu'un gardien de but a le droit de marquer un but, Willi ?

Willi hésita. Puis il répondit très calmement en promenant son regard sur le jardin :

— Absolument.

Il semblait estimer qu'il avait répondu à ma question.

Mais cela ne me suffisait pas. Je ne sais pas si tu connais ça : une pensée qui t'obsède sans que tu saches pourquoi.

— Il y a quelque chose qui cloche, dis-je en scrutant les grandes oreilles rouges de Willi qui pointaient sous ses incroyables cheveux roux.

Lui continuait à contempler le jardin. Il y a eu une faute quelque part, mais je ne savais pas où.

Enfin il tourna de nouveau les yeux vers moi et sourit.

— La question ne se pose pas, dit-il simplement. La décision d'un arbitre a force de loi.

— D'accord. Mais il y a quand même eu quelque chose et je voudrais savoir quoi, Mister Willi. Cela restera entre nous. Mais en tant que capitaine d'équipe, j'ai le droit de savoir.

— Tu es sacrément têtu, Nelson! constata Willi.

Puis il se pencha vers moi et me dit à voix basse :

— Eh bien, le dernier but n'était pas correct.

Je le dévisageai sans comprendre.

— En fait, j'aurais dû siffler une faute quand Mister Yakobo a marqué son but pieds nus.

— Ah bon? Mais pourquoi?

J'y comprenais rien. Willi esquiva ma question.

— J'avais deux raisons de ne pas siffler, Mister Nelson. Je te le dis, mais ça reste entre nous. Le but de Yakobo était tout ce qu'il y a de plus remarquable. On a rarement vu un joueur s'élancer pour frapper avec autant d'élégance. Il dansait comme une gazelle au milieu d'un troupeau de buffles, et les autres étaient là, les bras ballants, comme des gamins idiots ou des débutants. C'était fantastique et unique. Siffler son action personnelle aurait été un péché. La deuxième raison qui fait que je n'ai pas sifflé, c'est que j'étais stupéfié, comme tous les autres. Et enfin, il prenait un risque énorme, car pendant ce temps, son propre but était désert, grand ouvert, comme une porte de grange.

Comme je ne voyais toujours pas pourquoi il aurait dû siffler, j'insistai pour avoir la vraie réponse.

Willi prit une bonne gorgée de bière et me regarda :

– D'après le règlement international, tous les joueurs doivent porter les mêmes chaussures, dit-il en baissant de nouveau la voix pour que personne n'entende.

– Mais pourquoi donc ? S'il y en a qui jouent mieux pieds nus ?

J'étais complètement troublé.

– C'est à cause des risques de blessure, tu comprends ?

À présent je m'agitais sur ma chaise.

— Mais Yakobo a traversé le terrain comme un bolide, sans toucher un seul joueur, répliquai-je.

Willi acquiesça et avala encore une gorgée de bière.

— Très juste, il ne s'est pas blessé. Mais le règlement, c'est le règlement !

— Et si l'arbitre ne siffle pas, c'est bon alors ?

Ça me paraissait bizarre.

— Évidemment ! C'est très fréquent, les erreurs d'arbitrage. Les arbitres sont des hommes eux aussi. Et l'erreur est humaine.

— Ce n'était pas plutôt que tu voulais nous laisser gagner ? demandai-je, méfiant.

Voilà donc pourquoi j'avais un curieux sentiment, juste après le match.

— Mais c'est absurde, voyons ! Pas du tout ! D'abord, je n'ai même pas réfléchi, tellement j'étais subjugué et surpris. C'est seulement après coup, longtemps après avoir sifflé le but que je me suis rendu compte que c'était une erreur mais que c'était juste de l'avoir fait. Honnêtement,

Nelson ! Tu crois qu'un seul joueur souhaitait jouer les prolongations ? Avec cette chaleur et dans cette poussière ? De toute façon, si on avait joué les prolongations, mon équipe aurait perdu. Ils étaient tous au bout du rouleau, contrairement à vous. 35 degrés à l'ombre, ils n'ont pas l'habitude, eux. Ils sont sous ma responsabilité, et j'étais bien content qu'il y ait enfin un but de marqué, peu importait de quel côté. J'avais donc tout un tas de raisons d'accorder ce but.

De sa grande main rouge, il me donna une claque sur l'épaule, comme papa le fait tout le temps.

— J'ai l'impression, me cria-t-il dans l'oreille, à cause du bruit qui s'intensifiait autour de nous, qu'ici, tout le monde se moque de savoir qui a gagné et qui a perdu. Ce match international est ce que nous avons vécu de plus fantastique en Afrique. Regarde autour de toi, Nelson !

Effectivement, je ne voyais que des mines réjouies qui à cet instant précis avaient quitté des yeux leurs assiettes et interrompu leurs conversations pour regarder dans la même direction.

Les derniers mots de Willi s'évanouirent presque car tout le monde applaudissait, en rythme avec la musique. Willi et moi tournâmes également les yeux vers ce qui attirait tous les regards.

À vrai dire, je n'avais pas l'intention de raconter ça. Ma sœur faisait encore une démonstration de sa spécialité : danser sur la table. Je ne sais pas où elle avait subitement dégotté ce legging rouge vif. Par-dessus, elle portait le maillot aux couleurs de notre pays. C'était super ! Mes parents eux-mêmes, qui regardaient toujours ce genre de numéro avec scepticisme, souriaient, pleins d'enthousiasme. Il y avait une ambiance extraordinaire et dans ces cas-là, même les parents oublient leurs préjugés.

Et ici, encore une surprise : le petit Sam Njuma s'était glissé entre les chaises pour faire la connaissance de Nicki, le milieu de terrain. Il espérait sans doute que Nicki avait ses entrées à la Juventus de Turin et pourrait l'introduire un jour dans l'équipe italienne. J'étais pratiquement certain qu'il avait déjà essayé auprès de Sosovele. Sam ne laissait rien au hasard. Moi, il me regardait d'un sale œil, parce que je l'avais menacé de l'attacher à un arbre. Il avait trouvé un maillot de notre équipe : sur lui, on aurait dit un grand sac en tissu multicolore qui lui descendait jusqu'aux pieds. Et il tenait toujours le ballon sur son ventre, comme s'il était décidé à ne jamais le rendre.

Mandela dansait avec grâce sur la pointe des pieds, en zigzaguant entre les assiettes, les verres et les bouteilles, un incroyable slalom ! Elle avait son joli sourire mais je voyais bien, moi, qu'elle était extrêmement concentrée. Je fus probablement le seul à le remarquer. Quand il s'agit de ma sœur et de la danse, personne ne peut m'en remontrer.

Mais comme je suis plutôt du genre calme et que je n'aime pas trop me mettre en avant, je cachais mon émotion. Et cette fois encore, j'étais carrément fier de ma sœur.

Du même auteur à *l'école des loisirs*

Collection Neuf
Mandela et Nelson, le match retour

Collection Médium
Sur le fleuve